HEBE COIMBRA

à flor da pele

ilustrações
Lea de Camargo Neves

DIÁLOGO

editora scipione

Gerência editorial
Sâmia Rios
Responsabilidade editorial
Mauro Aristides
Edição
Samira Youssef Campedelli
Preparação
Sílvia Cunha
Revisão
Lygia Benelli Goulart, Léia Fontes Guimarães, Andrea Rachel Caitano e Paulo Stefani
Coordenação de arte
Maria do Céu Pires Passuello
Diagramação
Fábio Cavalcante
Programação visual de capa e miolo
Didier Dias de Moraes

editora scipione

Av. Otaviano Alves de Lima, 4400
Freguesia do Ó
CEP 02909-900 – São Paulo – SP

ATENDIMENTO AO CLIENTE
Tel.: 4003-3061

www.scipione.com.br
e-mail: atendimento@scipione.com.br

2024

ISBN 978-85-262-8244-5 – AL
ISBN 978-85-262-8245-2 – PR

Cód. do livro CL: 737838

3.ª EDIÇÃO
4.ª impressão

Impressão e acabamento
Forma Certa Gráfica Digital

Cód. da OP: 248701

Ao comprar um livro, você remunera e reconhece o trabalho do autor e de muitos outros profissionais envolvidos na produção e comercialização das obras: editores, revisores, diagramadores, ilustradores, gráficos, divulgadores, distribuidores, livreiros, entre outros.

Ajude-nos a combater a cópia ilegal! Ela gera desemprego, prejudica a difusão da cultura e encarece os livros que você compra.

ABDR – EDITORA AFILIADA

FSC – www.fsc.org
MISTO
Papel produzido a partir de fontes responsáveis
FSC® C137933

Dados Internacionais de Catalogação na Publicação (CIP)
(Câmara Brasileira do Livro, SP, Brasil)

Coimbra, Hebe

À flor da pele / Hebe Coimbra. – São Paulo: Scipione, 1997. (Série Diálogo)

1. Literatura infantojuvenil I. Título. II. Série.

06-2273 CDD-028.5

Índices para catálogo sistemático:
1. Literatura infantojuvenil 028.5
2. Literatura juvenil 028.5

Às minhas companheiras de frustrações e alegrias adolescentes Ana Lúcia, Beth, Dulce, Laura, Maria Antônia e Suely.

SUMÁRIO

1

Na cara da gente...

Dois dias atrás eu tinha feito treze anos. E tudo que eu usava era novo, presente de aniversário. O relógio e a sandália, ganhei do meu pai. A bolsa, minha mãe me deu muito contra a vontade. Minha filha, você não percebe que não tem altura pra esta bolsa toda? Mas é esta que eu quero. É uma questão de estética, filha... Mas é esta que eu quero! Vai ficar esquisito, filha! Mas é esta que eu quero, mãe! Tá bom, tá bom, o que é de gosto regala a vida, né? E me deu. Um sacolão a tiracolo. Batia perto do meu joelho. A blusa de florzinhas azuis e amarelas foi presente da minha irmã, a Susana. Os óculos escuros foi o Maurício quem deu. Meu cunhado. Quem será que inventou a palavra cunhado? Nada a ver... E a saia azul, a tia Zaíra fez pra mim. Às vezes ela dá uma dentro. Difícil. Costuma botar uns detalhes por conta dela, bolsos, botões, fechos, um horror. Ah, queridinha, mas tão simplesinho assim... pensei que com estas tachinhas ia ficar mais vistoso. Na tua idade, eu... Pronto, começa a contar como se enfeitava na minha idade. A juventude é boa por isso, tudo cai bem... E fala, fala, com a voz pela metade, e vai ajeitando a roupa no meu corpo com uns alfinetes compridos que eu fico só esperando me espetarem, enquanto imagino ela bem perua aos treze anos de idade. Mas desta vez, a saia, esta, ficou muito legal. De *jeans* clarinho, só com dois bolsos atrás. Bem como eu disse que queria. Experimentei o batom laranja da minha mãe. Ficou bom. Deu vida.

A gente ia ao cinema. A Marcela e eu. A Marcela ia encontrar lá com o Renato. Eles namoram escondido que pra mãe dela é... Como é mesmo? Ah, é precoce namorar com catorze anos.

Eu tava pronta. Olhei pro relógio novo, faltavam três horas ainda pro cinema. Peguei o Caderno da Minha Vida, um caderno espiral grossão que eu chamava assim porque escrevia nele histórias que eu inventava e tudo que me acontecia. Por causa dele quis o sacolão. Pra ir com ele pra todo canto. Abri o caderno na minha escrivaninha. Mas não consegui escrever nada que eu tava assim toda mexendo por dentro. Levantei e abri a porta do quarto. Ia ver, aquela mexeção toda era que eu tava fechada no quarto e louca pra sair. Sentei de novo. Nada. Tudo mexendo igual. Fui sentar na mesa da sala. Abri o caderno e escrevi: *Hoje vou ao cinema. O André vai também. Acho que ele quer me namorar. É bom demais para acreditar. Mas na praia ele falou alto que ia na sessão das quatro, bem alto. Alto demais para o Janjão, que estava pertinho dele. Foi para mim. Para que eu ouvisse. Uma dica para eu ir também. Ninguém me disse. Mas tem coisas que ninguém precisa dizer. A gente sente. Pena que eu não sei escrever muito bem sobre o que sinto. Nunca fica igual. Mas posso até imaginar. Eu chegando no cinema de roupa nova. Ele olhando para mim com aqueles olhos lindos dele, tão lindos que os meus não aguentam de tanta beleza e desviam para o chão. Então ele pega a minha mão e a gente fica de mão dada a sessão inteira. Será que vou conseguir ver o filme?*

Minhas pernas cruzavam, balançavam, descruzavam. Depois tudo outra vez. Cruzavam, balançavam... Escrevi mais: *O tempo não passa. Vou fazer hora na casa da Susana. Estou com muita saudade dos meus sobrinhos. Faz tempo que a gente não se vê. E vai ser bom também, que se alguma coisa estiver esquisita na minha roupa nova a Susana fala. Essa minha irmã fala as coisas assim, na cara da gente...*

Botei o Caderno da Minha Vida no sacolão, liguei pra Marcela, disse que ia à casa da minha irmã primeiro e encontrava com ela na porta do cinema depois e saí.

Toquei a campainha. O *hall* estava tão quente que pensei vou pegar fogo de tanto calor. E enquanto não abriam a porta, fiquei imaginando como seria se a gente pegasse fogo de repente. Duas velhas conversando no verão e tomando chá. Que tem gente que toma chá no verão. Aí começava a sair uma fumacinha de uma delas. A outra dizia ih, Marieta, você está esquentando muito, melhor entrar no chuveiro. A Marieta nem ligava. Continuava falando pelos cotovelos

e esquentando, esquentando. Ia futricando sobre a vizinha dela que fazia arroz-papa e se esfumaçando, esfumaçando. E aí virava fogueira. Assim, sem mais nem menos. A outra velha ficava só olhando. Depois, pegava uma pazinha e uma vassoura e varria a cinza toda. Aí o Rodrigo abriu a porta e pulou no meu pescoço. Esqueci de imaginar um final melhor pra velha que vira cinza. Nem dava. Que o Rodrigo gritava vem ver o jogo novo de *videogame* que a gente ganhou! E me puxava casa adentro e eu perguntava se a Susana estava. E ele dizia vem, vem, vem ver!, é o maior barato. No corredor, passei raspando pela Susana, mas nem deu pra ela reparar na minha roupa nova, que o Rodrigo me puxava com muita pressa. A Susana passou falando vai, vai, depois a gente conversa. Eu fui.

O Beto e o Luisinho estavam sentados no chão do quarto. O Beto só olhava pra tela, nem me viu chegar. A boca dele meio aberta. De vez em quando franzia o nariz. Dava um estalinho com o dedinho. Tão bonitinha a mãozinha dele. Cheia de covinhas, gorducha. Tão bonitinha que uma vez escrevi no Caderno da Minha Vida: *Meu filho vai ter os olhos do André, o sorriso do Rodrigo, o cabelo do Luisinho, o nariz e as mãozinhas do Beto, que são a coisa mais gostosa do mundo*. E escrevi também: *E os pés do...* Mas não achei ninguém que tivesse pés bonitos. Será que alguém tem? Eu não conheço. Mas deixei o espaço em branco. Vai ver um dia eu preencho a lacuna, igual dever do colégio. Me abaixei e beijei o Beto. Depois o Luisinho. Nenhum dos dois deu a mínima, nem oi. Não atrapalha!, Luisinho disse concentrado, com o controle do *videogame* na mão. Aí olhei pro Rodrigo e vi que ele já tinha me esquecido. Olhava pra tela, também vidrado e com a boca mole. Fui saindo de fininho.

Eu tava doida que a Susana visse logo a minha roupa nova e fui rapidinho atrás dela. Eu já tava até vendo... Ela, com aquele jeito tcham dela, dizendo uau, que chiquê, irmãzinha!, segurando a minha mão e me fazendo rodar, rodar, deix'eu ver, dá uma voltinha, irmãzinha! Mas a Susana não tava no quarto nem na sala. Voltei ao corredor e abri, sem fazer barulho, devagarinho, a porta do escritório dela, que ela não gostava de ser interrompida quando tava lá traduzindo aqueles livros do inglês pro português. Mas no escritório não tinha ninguém. Só um monte de papéis em cima da mesa, tudo no maior murundum. Eu nunca tinha visto o escritório dela assim. Saí e fechei a porta. Devagarinho outra vez. Não sei por quê.

Fui até a cozinha. Parei na porta, olhando a bagunça. Pelo balcão da pia, espalhados, pratos, talheres, copos, travessas e panelas, tudo sujo. Louça do café da manhã, com farelo de pão grudado e tudo, misturada com a engordurada do almoço. Piresinhos debaixo das panelas. Garfos, facas, colheres dentro de copos. De costas pra mim, a Susana lavava louça. Entrei. De levinho puxei a ponta do cabelo comprido dela. A gente sempre fazia assim uma na outra quando se encontrava. Mas ela não se virou. Continuou de costas pra mim. Falei ooooi, espichando o pescoço por cima dela pra dar o beijo que eu não dei no corredor. Ela levantou o ombro e meio que virou pro outro lado. Mas deu pra ver. Os olhos vermelhos e inchados. Tinha chorado. Andei pra frente e fiquei do lado dela. E os olhos dela foram pro lado contrário e pararam na panela mais longe que tinha no balcão da pia. Aí ela se esticou e pegou a panela e meteu a esponja cheia de detergente nela e ficou esfregando, esfregando, esfregando, com os olhos grudados no espumaréu que ia fazendo. Eu não sabia o que dizer, mas quando vi já tinha perguntado por que você chorou? Chorei?, eu?, quem disse?, e olhava só pra espuma. Então, não sei o que que deu nela. A boca começou a tremer e saiu um choro fininho e empacado. O que que foi, Susana? Ela levantou os olhos da espuma e eles foram parar bem na minha cara. E o choro desempacou e cresceu e ficou cheio de dor. De repente, ela largou a panela e a esponja e com aquelas mãos molhadas e cheias de espuma, me abraçou. E me abraçou tão forte, tão forte, a gente ficou tão colada, que um pedaço da tristeza dela foi parar dentro de mim e me prendeu. Eu queria apertar a Susana num abraço, mas meus braços não subiam. Queria alisar os cabelos dela, mas minhas mãos não se mexiam. Ai, meu Deus, o que que eu faço? A minha blusa nova tá ficando toda molhada. Ai, que hora... que hora pra pensar nisso... O que que foi, Susana? Fala! Nada, nada, já passa. Ai, Susana, fala comigo, o que que aconteceu? Nada, nada, bobagem... esta casa... A casa, Susana, o que que tem na casa? Esta bagunça... os meninos... Ah, não, Susana, aconteceu alguma coisa com os meninos? Não, não, bobeira minha, o abraço foi afrouxando. Não consigo acabar o trabalho, a Telma não vem... esta louça... fazer comida... limpar a casa... Afrouxando. Por que a Telma não veio? O choro sumindo, sarando, o abraço acabando. Tem cinco dias já. Foi ver a mãe que está doente, mas ela volta amanhã. Eu preciso terminar a tradução... tá atrasada... o abraço acabou. Ela virou pra pia de novo. A água ficou caindo e ela com a mão na torneira, de cabeça levantada. A outra mão esfregou no rosto, e acho que os olhos arderam, do detergente, que eles ficaram espremidinhos, com jeito de dor. Ela fungou, respirou fundo, fungou... aí, de repente, saiu ventada da cozinha. Eu atrás. Susana, o que foi? Espera, eu já venho. Ô Susana, ô Susana! Eu já volto. Ela no corredor, eu atrás. Susana... Não é nada, só ataque de bobeira. Entrou no banheiro e paft com a porta na minha cara. Fiquei ali parada, as costas na parede do corredor. Reparei a tremeção das minhas pernas e o meu coração apressado. Mas já estavam melhores. Antes, na cozinha, é que foi pior.

Um tempão, o chuá da pia do banheiro e ela assoando o nariz. Duas. Três. Quatro. Cinco vezes. Ih, minha blusa nova tá amassada. Ah, essa marca de mãozinha aqui na parede só pode ser do Beto. É sim. Ó que diferença pra minha. A Marcela compra meu ingresso. Nem vai precisar. Cedo ainda. Vinte minutos daqui até lá. Converso um pouquinho com a Susana. Ela tá bem, já passou. Ela entrega a tradução. Ela consegue. Vou pro cinema. Na volta, depois do McDonald's, eu passo aqui. A Susana tá saindo do banheiro. Viu? Já passou.

Mas a Susana foi saindo assim, igual à cozinha. Diferente de todo dia. Tão bagunçada. De robe e chinelo àquela hora da tarde. E o robe ainda por cima todo molhado na barriga.

O nariz e os olhos vermelhos e inchados. E ela descabelada. E ela tinha umas olheiras, eu nunca tinha visto. Bem escuras, grandes. E tudo tão bagunçado que foi me dando um aperto no peito, um aperto... que aquela não era a Susana. Não era. Mas aí ela me deu um sorriso e puxou de levinho a ponta do meu cabelo e foi me levando pelo corredor, pela sala, devagarinho, assim, com o braço passando pelas minhas costas e a mão apertando mas não muito o meu ombro. E foi me levando e falando desculpe, irmãzinha, eu te assustei. Mas tem dias que a barra pesa e a gente vai pensando, pensando nas coisas, e as coisas não são muito boas pra se pensar... e então, se chega alguém nessa hora, a gente, sei lá, parece que a gente enfraquece e explode. Mas é bom, alivia. E foi falando essas coisas assim de um jeito que foi ficando parecida com ela de novo, até que chegamos na cozinha. E ela foi direto lavando a louça e nem precisou abrir a torneira que já tava aberta desd'a hora que ela correu pro banheiro e eu atrás. E eu fui pegando um pano de prato e fui enxugando a louça que ela lavava. E ia ouvindo, ouvindo aqueles assuntos mudando, que ela telefonava pra editora e pedia pra entregar a tradução na próxima semana. Eu enxugava e ouvia aquela porção de coisas que eu não queria me intrometer. Como é que eu ia dar palpite? Eu não sabia dizer nada. As barras que ela contava prendiam minha boca igual aquela tristeza prendeu meus braços, minhas mãos. O que que eu ia dizer? A vida dela estava um inferno, o Maurício vinha pra casa muito tarde, ela achava que ele não gostava mais dela. Ele dava pouca atenção pros meninos e os meninos precisavam de um pai. E lá fora tinha sol. E eu tava de férias. E todo mundo ia ao cinema, depois ao McDonald's. E eu ia também. A Marcela compra meu ingresso, depois eu pago pra ela. E me espera. O André também vai. E o André é lindo e acho que ele quer me namorar. Essa roupa nova ficou legal mesmo. A Susana ainda nem viu. Mas daqui a pouco ela repara e diz uau, que chiquê, irmãzinha! E eu rodo, rodo, enquanto ela pede dá outra voltinha, irmãzinha!

A Susana é tão bonita, não hoje, e ela entende muito dessas coisas, de roupa, de ficar bem. Como é que o Maurício vai não gostar mais dela? Por que ela não fala com ele? Por que que ele deixa ela ficar assim tão bagunçada, falando isso tudo e outra vez nem parecendo que é ela? Onde eu guardo esse pirex, Susana? Ali, no armário. Na porta do lado da geladeira, e tem dias que chega de madrugada. E esse espremedor, Susana? Aí também, e acho que o Maurício, tenho quase certeza, ele tá apaixonado por outra. Ih, ficou sabão nesse prato, Susana. Dá aqui que eu passo água, e acho até que já sei quem é. Como é que o Maurício vai poder não ligar pra uma pessoa que toca violão daquele jeito e canta bonito do jeito que a Susana canta? Ó, Susana, esse copo aqui tá lascadinho. Joga fora! Mas é só um lascadinho pequeno, Susana. Não faz mal, joga fora, eu já disse! Ai, Susana... Ah, irmãzinha, desculpe, eu gritei, mas como é que eu vou viver sem o Maurício? Lascada... lascada aqui, basta eu. Desculpe, gritei sem querer. E passou aquela mão molhada dela com espuma de detergente e tudo no meu cabelo. E a mão dela levinha, levinha na minha cabeça foi dando um nó assim apertado na minha garganta... Por quê? Como é que o Maurício vai viver sem a Susana, que fica todo mundo alegre quando ela tá por perto? E que no verão fica lindona com aquele queimado no corpo, aqueles dentes branquinhos e aquele cabelão preto escorrido dela? E que se ela bota aquela blusa amarela, então, aí é mesmo que fica todo mundo olhando assim ó pra ela... Como é que o Maurício vai não gostar mais dela? E as panelas, Susana, onde eu guardo? Aqui, ó, embaixo da pia. A pia que ela falou já tava toda tremida. Mas eu me abaixei e guardei a panela embaixo da pia tremida mesmo. Quando me levantei ela já tava chorando muito outra vez. Aí o Rodrigo entrou na cozinha e foi pedindo mãe, me dá água, mãe, e foi emendando mãe, cê tá chorando, mãe? Não, não, é que caiu um cisco no meu olho. Grande, mãe? É, um cisco bem grandão, mas já passa. É só dar um beijinho aqui, ó, que passa. Pronto, passou, obrigada. Agora vai, vai jogar. E o choro engolido, acho, não fez bem pra ela, que o vermelho do nariz e dos olhos se espalhou pelo rosto todo. Nem parecia aquela Susana que joga vôlei na praia e fala aquele inglês tão rapidinho com os amigos do Maurício. Uma Susana tão diferente que recomeçou a fungar, respirar fundo, fungar, respirar fundo... e o meu coração começou a disparar, disparar, que eu queria ficar ali com a Susana, mas no meu relógio novo faltavam quinze minutos pras quatro e lá fora tinha sol e eu tava de férias e todo mundo ia ao cinema e o André ia também...

Aí o Rodrigo voltou pra cozinha trazendo os irmãos pra verem o cisco do olho da mãe. Deix'eu ver! Deix'eu ver!, o

Beto gritava. A Susana dizia já tirei, já passou... e o Rodrigo só repetia mãe, cê tá chorando, mãe, você tá chorando sim. Não, não, já tirei, já passou... E eu querendo brincar com eles, mas o nó no meio da minha garganta amarrava minha voz e como é que alguém brinca sem voz? As brincadeiras só ficavam agarradas no meu pensamento, não saíam dali. E aí a Susana ofereceu coca-cola e biscoitos, que hoje, só hoje, hein?, eles iam poder levar pro quarto, mas com cuidado pra não esfarelar e não deixar cair nem migalhas no chão. E enquanto arrumava a bandeja ia dizendo com a boca meio apertada detesto migalha, não quero migalha. E ficou falando essa coisa engraçada um monte de tempo. Odeio migalha, migalha não quero... E desse jeito esquisito estendeu a bandeja com o lanche pra mim, me oferecendo. E o nó da minha garganta desamarrou um pouquinho e fui dizendo baixinho não, obrigada, mas mesmo assim eu peguei um biscoito, que eu ia ao cinema, e que a sessão era às quatro e que tava na hora. E ela foi falando com a bandeja na mão, a cara inchada, a voz tremida, desculpa, desculpa, ah, irmãzinha, larga isso aí, vai embora, eu me ajeito. E a tradução, Susana, como é que você vai fazer? Não é a tradução... Eu ligo pra editora, peço mais uma semana, eles me dão. Isso é o de menos, vai! E o Rodrigo falava ao mesmo tempo que ela eu quero ir ao cinema, mãe, eu quero ir ao cinema! E ela dizia com a voz quase sumida quem dera o problema fosse a tradução enquanto o Beto esticava os braços gordinhos dele para mim, querendo ir ao cinema também e o Luisinho ameaçava o Rodrigo se você for eu vou também! E eu sem saber o que

fazer. O que que eu podia fazer? E se eu tinha um nó muito apertado ainda na garganta, o que que eu podia dizer? Mas quando vi já tinha dito eu levo os meninos pro cinema.

À noite, escrevi no Caderno da Minha Vida: *Fui ao cinema. Levei meus três sobrinhos, que a minha irmã, a Susana, estava sem empregada e precisava trabalhar. Mas chegamos tarde. A sessão já estava lotada. Não pudemos entrar. Então fomos tomar sorvete. O meu, de abacaxi, estava ruim, um pouco salgado porque eu chorei em cima dele. As coisas não deram muito certo hoje pra mim. Mas a minha roupa nova estava muito legal. Com certeza não tinha nada de esquisito nela porque se tivesse a Susana falaria. Essa minha irmã fala as coisas assim, na cara da gente...*

2

Puxem pela imaginação!

As duas últimas aulas eram de português. Eu tava louca pra ir pra casa por causa do Davi, meu irmão, que ia embora pra Miami de novo. Mas a aula não ia terminar nunca, que ela ainda tava bem no comecinho. A Sônia tinha acabado de fazer a chamada.

Meu irmão é engenheiro, igual meu pai. Só que meu pai é engenheiro naval e ele, civil. Ele tava construindo um *shopping* em Miami. Morava lá havia dois anos. Eu não via ele há oito meses e tava morrendo de saudade. Escrevi um monte de cartas pra ele, mas ele respondeu em cartões engraçados escritos em inglês. Dele mesmo, à caneta, vinha pouquinha palavra. Ele tinha vindo passar uma semana. Ficou lá em casa e tudo. E já ia embora outra vez, mas as coisas não foram do mesmo jeito de sempre. Não sei por quê. Por isso eu queria ir embora do colégio logo, pra ver se dava tempo ainda de ficarem como eram antigamente, que eram muito melhores.

Eu pinicava por dentro de tanta pressa. E tava assim, pensando nisso, e, de repente, ouvi a Sônia dizendo tem gente voando na sala! Pronto. Vi logo que era comigo que todo mundo diz que eu vivo voando. E acho que ela já tinha dito isso uma porção de vezes, que quando eu, burra, perguntei eu?, todo mundo riu.

... nosso assunto das últimas três aulas, hoje vocês vão escrever uma ficção. Lembram do que é ficção, não é?, a Sônia perguntou e eu fiquei só querendo saber por que tudo andava contra mim ultimamente. Até a Sônia. Na última aula, que eu queria fazer uma ficção, ela mandou a gente escrever feito jornalista sobre as eleições pra presidente do grêmio do colégio. Só aquilo que a gente via, sem imaginar nada, só mesmo o acontecido. Sem dar palpite, sem puxar a brasa pra chapa que a gente queria que ganhasse, ela disse. Na penúltima aula, que eu queria fazer uma reportagem, ela mandou a gente fazer uma redação autobiográfica. E agora que eu queria falar de mim e do meu irmão, que é assunto biográfico, ela mandava escrever ficção...

Vamos ver, gente, personagens inventados, ou fictícios, uma trama inventada, fictícia... A Sônia foi falando, passeando de lá pra cá com aquele cabelo loiro curtinho dela, o nariz arrebitado e os olhos mais azuis, mais lindos que eu já vi. Passeando a beleza toda dela pelo meio das carteiras e parece que derramando um perfume que entrava maneiríssimo no nariz da gente. Inventem, criem! Puxem pela imaginação!, enquanto eu ia abrindo o sacolão, tirando uma folha do Caderno da Minha Vida que depois eu colava a redação nele de novo, e a minha caneta, que ela não deixava a gente escrever a lápis que diz que a gente tem de acostumar. Mas eu prefiro lápis que eu posso apagar e fica tudo assim, bem limpinho.

A folha branca na minha frente foi dando aflição que eu não tava a fim de inventar nada. Eu tava sem ideia inventada nenhuma, só pensando em coisas de verdade. Mas eu precisava começar a escrever. Então, fiquei olhando pra sala, pra tudo nela pra ver se vinha uma ideia. Olhei pras paredes, pro lustre, pro ventilador no teto, pro quadro-negro, pros alunos, pras roupas deles e, de repente, meu olho deu na janela. Numa árvore cheia de flor amarela e num azul assim tão lindo, quase tão lindo quanto o azul dos olhos da Sônia. Aí eu comecei a escrever:

A princesa Bárbara olhava pra fora da janela do castelo procurando uma ideia para escrever. A ideia não vinha porque ela só via uma árvore de flores amarelas e um céu muito azul. E o que isso queria dizer? Nada. Nadinha. Para ela, absolutamente nada. A princesa Bárbara estava numa terrível enrascada. Precisava inventar uma história rapidamente. A moça que cuidava da sua educação aí eu tive que perguntar pra Sônia que eu lembrei que tinha um nome esquisito que se dava pra professor tipo particular de princesas em castelos. A Sônia escreveu no quadro pra mim e eu risquei *A moça que cuidava de sua educação* e escrevi *A sua preceptora a castigaria com um zero se ela não entregasse uma redução. Mas a coitada naquele dia não estava inspirada. Ela só pensava no príncipe Tom.*

O príncipe Tom era um homem muito bonito. Parecia até um artista de cinema. O príncipe Tom era seu único irmão. Aí eu parei e risquei o *Parecia até um artista de cinema* que eu lembrei que na época nem existia cinema. *Mas ele teve que ir morar num reino muito, muito distante. Longe de todos da sua família. Ele gostava muito de todos de sua família, mas da princesa Bárbara mais que de todos. E sempre que podia voltava ao seu reino para ver a princesa Bárbara. Trazia em seus baús tesouros valiosíssimos do reino muito distante para ela. O reino muito distante era muito mais* aí eu demorei pra me lembrar da palavra que eu queria dizer. *desenvolvido, tinha muito mais novidades que o reino da princesa Bárbara. E eles se divertiam muito. Andavam de carruagem,* nesta parte eu achei melhor começar minha história toda de novo, fazer uma de príncipe de hoje, igual à do príncipe da Inglaterra, que é muito mais divertida. Porque eu parei de escrever pra procurar uns programas que eles pudessem fazer, mas só me lembrei de príncipes indo pra guerra, caçando e virando sapos. As princesas fiando ou bordando como se fosse a coisa mais divertida do mundo. Mas não ia dar tempo de começar outra, então, eu tirei a vírgula depois de *carruagem* e só encompridei *pelo reino todo, por rios, lagos e montanhas. Quando o príncipe Tom chegava tudo ficava muito bom para a princesa Bárbara.*

Mas da última vez que o príncipe Tom veio, aconteceu algo terrível. A princesinha Bárbara sabia que o príncipe Tom já havia chegado. Ela estava trancada na sala do lado norte do castelo tendo aulas com a sua preceptora que era muito brava e só deixava a princesinha sair no horário certo. Quando a preceptora permitiu, Bárbara, a princesa, correu feito louca pelo enorme castelo até o imenso salão que ficava no lado sul. Ela costumava passar as tardes inteiras sozinha no castelo com os criados, enquanto o rei e a rainha cuidavam dos problemas do reino. Agora, com o príncipe Tom no castelo, as tardes de Bárbara teriam muitos passeios.

Bárbara abriu a porta do salão. Estava pronta para correr para abraçar e beijar Tom. Começou a correr. Mas parou. Parou no meio do salão. Ela está quase em estado de choque porque vê uma coisa ao lado do príncipe Tom. Essa coisa está enroscada no braço dele. Ele mal consegue se levantar do sofá para abraçar e beijar a princesa Bárbara porque a coisa está grudada nele. Ele faz um superesforço para se levantar. Levanta. A coisa, que é uma coisa horrível, levanta também. Parece que está realmente grudada nele. O príncipe Tom abraça e beija a princesa Bárbara. Mas ela não consegue beijá-lo. Parece que foi enfeitiçada. Está transformada em estátua vendo aquela coisa ao lado dele. É uma coisa que olhando assim parece até uma pessoa. Tem mão, pé, cara, corpo e tudo. Mas é grudenta, desconjuntada, magrela e muito branquela. Mais branquela que a princesa Bárbara. A coisa parece que nunca viu sol. A coisa estende a mão para a princesa Bárbara. Bárbara aperta a mão da coisa e sente que apertou um sapo. A mão da coisa é molenga e meio geladinha. A princesa Bárbara desconfia que a coisa seja uma bruxa disfarçada. A coisa se chama aí eu fiquei procurando um nome bom, assim, bom mesmo, pra dar uma ideia dessa coisa, mas vi que não existia um nome tão horrivelmente horrível feito a coisa e pensei que coisa tava era ótimo. Então eu risquei o *se chama* e continuei: *é uma nativa do reino desenvolvido e muito, muito distante, onde o príncipe Tom mora. Junto com as novidades que trouxe do reino distante, o príncipe Tom trouxe aquela nativa, a coisa. A coisa continua emaranha-*

da no braço do príncipe Tom. A princesa Bárbara continua enfeitiçada, dura feito estátua. O príncipe Tom fala com a coisa na língua estranha dela. A princesa Bárbara era crente que sabia essa língua porque toda vida estudara ela com sua preceptora no lado norte do castelo. Mas não conseguiu entender nada. Absolutamente nada, nadinha. O príncipe Tom deve ter falado uma coisa Risquei loguinho o *uma coisa* porque podia confundir com a coisa horrenda e escrevi *algo engraçado. A coisa riu. Mas foi preciso prestar muita atenção para perceber que a coisa ria. A coisa era inteira branca como seus dentes. A princesa Bárbara não gostou nada que os dois rissem dela. Então, disse algo e correu para se trancar nos seus aposentos. Se trancou* aí eu risquei rapidinho esse *Se trancou* que não está certo começar uma frase com se, me, te, essas coisas, não sei por quê, se é assim que a gente fala o tempo todo, e pus *Trancou-se e ficou chorando muito. Muito mesmo.*

Logo chegou o rei e a rainha aí eu fiquei em dúvida se era chegou ou chegaram e perguntei pra Sônia e ela me disse que tanto fazia, podia combinar com o rei, que era singular, ou com o rei e a rainha, que era plural. Então eu deixei como tava e continuei *que nesse dia vieram almoçar no castelo só por causa do príncipe Tom que havia chegado. Príncipe Tom e a coisa. O rei e a rainha costumavam almoçar junto com o povo. A outra princesa, a que não era a preferida do príncipe Tom, irmã da princesa Bárbara, e o seu marido* marido não combinava nadinha com histórias de reis. Risquei e escrevi *esposo também estavam presentes neste almoço.*

Princesa Bárbara chora muito nos seus aposentos. De tristeza e solidão. Ouve uma barulheira danada vindo do salão e pensa que parece um almoço de sábado. Mas tudo isso se passava numa quinta-feira. Aí eu botei um ponto depois de *salão* e risquei tudo que eu escrevera que Bárbara pensava, achei que os reis não ligavam muito pro tempo, que eu nunca tinha lido nada sobre dias de semana em histórias de princesas. *Enquanto isso, alguém está batendo na porta dos seus aposentos. É a rainha, que a chama pra almoçar. A princesa Bárbara diz que já vai. Mas não vai. Demora, demora, demora. Não quer almoçar com a coisa desconjuntada grudenta magrela branquela e molenga feito sapo. A rainha, sua mãe, bate novamente na porta e chama de novo. Agora não é nada educada. Não pede. Ordena. Com uma voz bastante engrossada. Parece que já está brava, furiosa. Então a princesa Bárbara vai almoçar. A coisa está sentada no lugar da princesa Bárbara ao lado do príncipe Tom. O rei, a rainha, a outra princesa, irmã de Bárbara, e seu esposo tratam a coisa como se ela fosse uma coisa normal ali sentada no lugar da princesa Bárbara. Como se ela não fosse uma coisa desconjuntada grudenta magrela branquela molenga feito sapo. A princesa Bárbara acha muito estranho aquilo tudo. Está sentada na mesa com suas roupas mais coloridas e come sem parar. Serve seu prato diversas vezes tendo que esticar os braços por cima da mesa. Mas ninguém nem lhe chama atenção. Nem mesmo o rei ou a rainha. Parece que ninguém na mesa enxerga a princesa Bárbara. Ninguém. Ninguém, ninguém. A princesa Bárbara pensa que está enfeitiçada pela coisa desconjuntada, magrela e muito branquela. A princesa Bárbara pensa que está invisível.*

Todos na mesa conversam na língua da coisa nativa do país muito, muito distante. Princesa Bárbara não entende nada. Não entende nada. E não entende por quê. Sempre, desde pequenina, a sua preceptora ensinou essa língua para ela. A princesa Bárbara tem um nó muito, muito apertado na garganta. Mas ninguém vê. Ninguém. Ninguém, ninguém. Todos conversam na língua estranha da coisa. Os olhos da princesa Bárbara estão cheios de lágrimas. Mas na mesa ninguém vê. Ninguém. Ninguém, ninguém. A princesa Bárbara pensa que foi enfeitiçada pela coisa desconjuntada, magrela e muito branquela. A princesa Bárbara pensa que está invisível.

Aí eu tive de parar que o nó da garganta da princesa Bárbara parece que pulou assim, de repente, pra minha, e porque a Sônia tinha parado atrás de mim e tava lendo o que eu escrevia e meio que ria não sei de quê. Aí ela passou a mão na minha cabeça e perguntou outra história da Bárbara? Eu fiz sim com a cabeça e ela saiu andando e eu fiquei pensando que a Sônia era legal, que ela não fazia igual às outras professoras que queriam que eu inventasse outros nomes pra menina das minhas histórias. Nunca adiantava eu explicar que a Bárbara eu conhecia bem e era mais fácil escrever dela, que eu sabia assim, logo de cara, tudo que ela pensava, sentia e o que ela queria fazer. E foi bom eu pensar tudo isso que o nó da minha garganta afrouxou um pouquinho.

Dois dias depois, a princesa Bárbara sente um grande alívio. Não está enfeitiçada pela coisa desconjuntada, magrela e muito branquela. Não está invisível. O príncipe Tom convida-a para passear de carruagem. Quatro dias seguidos. Mas nos quatro dias ela não foi. Aí a Sônia me atrapalhou que ela avisou que estava acabando o tempo. Eu precisei me concentrar de novo para continuar e comecei a escrever mais rápido. *A princesa Bárbara não era invisível mas o príncipe Tom não enxergava a princesa Bárbara como se ela fosse a mesma de antes. Nem parecia que ela gostava de ir* aí outra vez ficou tudo difícil de escrever que eu queria dizer coisas que pudessem parecer com cinema ou lanchonetes. Nem consegui dizer que o príncipe Tom convidou a princesa Bárbara para visitar lugares onde só iam pessoas de camisa floridona, bermuda, meia branca e máquina de tirar retrato pendurada. Se fosse uma história do príncipe Charles da Inglaterra... *passear sozinha com o príncipe Tom. Eles teriam de levar a coisa junto. Bárbara, a princesa, preferiu ficar no castelo, trancada nos seus aposentos, sozinha com os criados.*

E, numa manhã, por causa disso, da princesa Bárbara não querer ir a lugar algum com o príncipe, seu irmão, e por causa da coisa desconjuntada grudenta magrela branquela e molenga feito sapo, antes de a princesa Bárbara ir para o lado norte do castelo estudar com a sua preceptora, a rainha brigou muito com ela. Chamou a princesa Bárbara de egoísta e ciumenta. Foi aí que a princesa Bárbara sentiu muito medo de ter perdido a voz para sempre. Mas não perdeu porque ela conseguiu gritar:

– Oh, não! Oh, céus!

Isso quando ouviu a rainha gritando:

– Príncipe Tom vai se casar com a coisa! E vai ter filhos com a coisa, entendeu bem?

Então, a princesa Bárbara foi para o lado norte do castelo pensando nas coisinhas que iam nascer. E que seriam seus sobrinhos. Aí a Sônia estava em pé na minha frente esperando eu entregar a redação. Eu pedi pra ela aguentar um pouquinho e ela foi recolher a dos outros alunos, enquanto eu terminava a minha com muita pressa, igual meu coração batia, não sei por quê. *A princesa Bárbara se perguntava. Era egoísta? Era ciumenta? A princesa Bárbara se perguntava muitas vezes. Nasceriam umas coisinhas desconjuntadas grudentas magrelas branquelas e molengas...* Nem pude acabar de perguntar o *feito sapos?* E eu ainda ia perguntar tudo mais uma vez. A Sônia tirou a folha da minha carteira que o sinal já tinha tocado e eu fui embora correndo pra casa.

Da porta do elevador eu já ouvia a falação em inglês lá em casa. Parecia um almoço de sábado. Mas era uma quarta-feira. O Davi e a Jane iam embora pra Miami de tarde. Tava todo mundo lá. Até o tio Conrado com uma namorada nova. Eu entendi umas coisinhas que eles disseram. Às vezes, o Davi, que a Jane só chamava de Deivid, traduzia pra mim. No meio do almoço todo mundo levantou os copos e desejou felicidades pros dois. Eu também. Uma hora lá, a Jane falou uma coisa pra mim. O Davi disse que ela tava me dizendo que ela ia aprender português pra conversar comigo. E eu fiquei só pensando que eu tinha de entrar num curso sério de inglês e acho que sem querer eu dei um sorriso pra ela que ela sorriu pra mim olhando bem na minha cara. Aí eu fiquei pensando que os meus sobrinhos iam ter olhos azuis. De um azul mais azul, mais lindo que o azul dos olhos da Sônia...

3

Juventude é alegria, queridinha!

A festa foi um barato. Mais ou menos. No princípio foi. Depois, não foi assim um baraaaaato. Voltei até mais cedo pra casa. E também não foi muito bom que a voz da tia Zaíra parecia que tinha ido comigo, dentro do meu ouvido, repetindo aquela frase.

Dois dias antes da festa, passei a tarde inteira na casa dela enquanto ela fazia o meu vestido. Logo que cheguei e entreguei o embrulho com o tecido, ela perguntou, preto? Por que preto? Que horror! Na sua idade... a sua mãe sabe disso? Sabe, tia, é claro, foi ela que comprou. Não entendo essa educação moderna, não entendo. Não concordo... sacudia a cabeça de um lado pro outro, estalando a língua nos dentes, não concordo, não concordo... no meu tempo as mocinhas só usavam cores alegres. Juventude é alegria, queridinha!

Pronto. Desandou a falar sem parar. Que só veio a usar preto com trinta e dois anos de idade, quando ficou viúva do irmão do meu pai. Trinta e dois! Que a minha mãe devia estar muito bem de vida, que ela tinha gastado uma fortuna com o crepe, que a vida anda cara que anda danada. Já viu, já viu que horror? Um carretel de linha, já viu o preço? Não tia, não vi, tive de responder que ela ficou me olhando bem no olho, esperando uma resposta. Pois é, um absurdo! Os olhos da cara! Aí eu fiquei logo imaginando uma coisinha que eu sempre imaginava quando ela dizia isso e foi me subindo um arrepio pelo corpo e eu achei menos horrível prestar atenção no que ela estava falando. Que o crepe era muito bonito, de boa qualidade, mas que devia ser rosa, azul, amarelo, sei lá. Mas preto não, que horror! Pra quê? Pra chamar desgraça? Preto chama desgraça, queridinha. E juventude... juventude é alegria, queridinha! Se o tio tivesse me deixado uma filha, ela não ia usar preto não. Com treze anos de idade usando preto? Filha minha? Só passando por cima do meu cadáver! Eu tive que rir. Imaginei logo ela caída, mortinha, toda enrolada numa fita métrica e uma menina toda de preto, passando por cima da barriga dela. Tá rindo de quê? Não acredita? Só por cima do meu cadáver!

Aí ela deu um suspiro bem fundo e jogou o crepe todo aberto no meu ombro, me virando de frente pro espelho pra que eu me visse nele. Mas a sua mãe é professora de literatura, dá aula em universidade, toda culta, moderninha, deve saber o que está fazendo... Quem sou eu pra dar palpite... e calou a boca. Tirou o pano de cima de mim e abriu ele na mesa. Eu fiquei torcendo pra ela não se sentir mesmo capaz de dar palpite. Mas ela tava num dia de vítima dela, como a Susana chamava. Quem na família vai se importar com a minha opinião? Uma costureirinha ignorante, não é assim que me chamam pelas costas? Costureirinha ignorante e ainda por cima um peso. Afinal, o que é uma cunhada de

marido morto numa família? Ah, se seu tio fosse vivo..., ela falou com a voz já meio sumida que ela tinha posto na boca um monte de alfinetes compridos. As cabeças coloridas pra dentro, as pontas fininhas saindo pra fora. E ia pegando um por um e alfinetando os moldes de papel pardo no crepe preto. Dessa vez eu jurei que não ia ficar agoniada. Eu sei que ela nunca engole um, eu sei que ela nunca engole um, eu sei... fiquei repetindo pra não ficar agoniada mas mesmo assim eu tava agoniada que é uma agonia ver alguém falando com a boca cheia de alfinete. Agora, senhoras e senhores, depois dessa apresentação maravilhosa do engolidor de facas e da moça que come fogo, a maior, a mais sensacional atração. Tcham tcham tcham tcham! Zaíra, a engolidora de alfinetes! Um alfinete, dois alfinetes, três... vinte e seis alfinetes! Palmas para ela! Muito obrigada, muito obrigada. Agora muita atenção, uma caixinha cheia de uma só vez! Vejam! É incrível! É fantástico! Duzentos alfinetes de uma só vez! Aí minha cabeça deu nó e saiu cuidado, vai engolir um alfinete, tia Zaíra! Não, queridinha, hábito. Meia boca fechada prendendo o alfinete, meia boca abrindo e fechando, soltando a voz pela metade. Tudo questão de hábito nessa vida, queridinha. Tirou dois alfinetes da boca de uma vez só. Largou um em cima do pano, o outro prendeu o pano no molde de papel. A gente se habitua com tudo, cria hábitos e vai levando a vida, empurrando com a barriga. Não vê que eu pensei que fosse morrer quando seu tio morreu? Ela nunca engole um, ela nunca... Vinte e seis anos já se passaram e eu não estou aqui vivinha da silva?

Aí eu comecei a tentar adivinhar o que ela ia dizer. Acertei tudo. Que o meu falecido tio, que Deus o tenha, que Deus o tenha, era um homem formidável. Aquilo sim era um homem. Homem com agá maiúsculo, sabe? Ela nunca engole um, ela nunca... Quando a gente convive com um homem igual ao seu tio, queridinha, fica difícil achar outro que lhe chegue aos pés. Aí eu fiquei aliviada que ela tirou os alfinetes da boca e repetiu com a voz inteira que lhe chegue aos pés! Mas dei azar. Era só pra dizer isso. Colocou tudo de novo na boca e continuou falando, falando, me dando conselhos, pra que eu tomasse cuidado com os homens. Ela nunca engole um, ela nunca... iguais ao seu tio são raros. Uns lobos! Lobos em peles de cordeiro, queridinha. Ah, mas você ainda é muito novinha pra esses assuntos, né, queridinha? Bom, mas não custa nada prevenir. Os homens são ardilosos, queridinha. Ela nunca engole um, ela nunca... Aí me deu um alívio danado, que ela acabou de alfinetar o molde no pano e acabou a tortura. Como sempre, eu tava com a boca cheia de saliva, que eu não conseguia engolir nada, com medo de engolir os alfinetes, como se eles estivessem na minha boca.

Depois de um intervalo pra um bolo e um guaraná, passei pela tortura da tesoura e alinhavos. Nessa, eu só fiquei olhando com cara de monga pra ela. E você? Conta, conta aqui pra tia, vai. Você já tem namoradinho? Ah, deve ter... com essa carinha..., esses olhinhos cor de mel... fazendo vestido justinho, huuum... preto... E eu sem dizer nada. Aí ela deu de falar de namoro. No meu tempo... e patatipatatá, falou, falou, dos namorados dela, de como eram românticos e inocentes os namoros naquele tempo. Que hoje era tudo muito rápido, um agarramento danado logo de cara, um horror. Que que era aquilo que se via nas novelas na televisão? Aí eu desliguei. Fiquei só pensando na festa de quinze anos da Adriana, que ia ser um barato, que o André ia também. Vai ver ele fica comigo... Dei tchau pra tia Zaíra e disse que vinha buscar o vestido no outro dia, de tarde, e ela disse vem sim, ele vai estar prontinho. Ia ficar lindo o vestido. Se não fosse preto. Preto traz desgraça, e juventude, juventude é alegria, queridinha! Tchau.

Ulalá!, meu pai disse. E deu um assobio. Fifiiiiu, quando saí do quarto toda arrumada. Minha mãe ficou lá falando da moça linda que eu tava, do tempo que passa depressa, uma criança... parece que foi ontem... essas conversas de mãe. Beijei os dois e saí correndo que o carro do pai da Clarissa já buzinava lá embaixo.

A gente foi pra festa. A Clarissa, a Marcela e eu. Quando chegamos lá, no casarão da Adriana, o pai da Clarissa nos deixou no portão e disse que vinha nos buscar às duas horas, juízo, hein, meninas!, e meu coração deu pra andar mais depressa. Não sei por quê. Ia ver era pelo André que já devia estar lá e ele ia me ver assim diferente. Eu tava de escarpim meio alto e batom vermelho na minha bocona e tudo. Que que ele ia pensar?

A Clarissa segurou o meu braço e a mão dela tava suando e gelada. Foi bom que eu vi que não era só eu que tava um pouco nervosa. Fomos andando bem devagarinho, sem dizer nada sobre isso. E a Marcela já foi indo bem depressa, na frente, nem pisando nas pedras, direto atravessando o gramado pra encurtar o caminho. Felizona que ela já tinha visto o Renato e ele abanava pra ela.

A Adriana veio encontrar com a gente e nós entregamos os presentes dela que ela nem abriu de tanta alegria que ela já tava e foi contando que tinha ganhado um cavalo, que ele ia se chamar Dinamite, que agora na hípica ela ia usar o cavalo dela mesma. Nem esperou a gente dizer nada e foi indo contar isso pras outras pessoas que iam chegando.

Olha lá o André! A Clarissa gritou. De repente. Eu nem vi mas meu coração deu pra bater mais forte ainda. E minhas pernas ficaram meio moles, desengonçando. A Clarissa me puxou, saiu me levando e quando vi eu já tava lá na mesa, no jardim, onde tava o André e um monte de gente do colégio. E todo mundo falando comigo e eu dizendo oi pra todo mundo e ficando ai, superaliviada, que o meu coração nem saía junto com o meu oi pela minha bocona nem nada e que ninguém tava notando isso de coração rapidinho e perna desengonçada. Aí eu fui ficando quase normal, que normalzinha, normalzinha, eu nunca ficava perto do André. Eu tava de batom vermelho e tudo. Que que ele tava pensando?

O Zé Roberto, que eu nem conhecia direito, só via ele às vezes no colégio com o André, botou uma cadeira do lado da dele pra eu sentar. Sentei. Ele disse que eu tava bonita. E todo mundo falou tá mesmo, que, pô, seu vestido tá demais, que o preto realçou minha pele clarinha, que eu tinha ficado bonita pra caramba de vestido preto. E eu só pensando ainda bem que não caí na conversa da tia Zaíra. Preto chama desgraça, queridinha.

O André tava sentado numa cadeira bem na frente da minha. E os olhos dele de vez em quando davam direto nos meus. O Zé Roberto falava a toda hora que eu tava uma gata, e eu olhava pro chão e olhava pro André e acho que ele às vezes me olhava. E acho que ele me olhava diferente que eu tinha batom vermelho na minha bocona e tudo. Que será que ele tava pensando?

Aí chegou a Pat. Maravilhosa como sempre. E o André e os meninos todos ficaram de boca aberta olhando pra ela. Não, mentira. Ninguém ficou de boca aberta, queixo caído, essas coisas. Todo mundo ficou de olho parado, grudadão nela. E ela revirava os olhos, as mãos, remexia muito a cabeça, balançando os cabelos de comercial de xampu dela, dizendo que nem tinha encontrado nas lojas um vestido assim, tcham, pra comprar pra vir pra festa. Mas ela tava com um superipertcham que nunca ninguém tinha visto. E falando que ela viu um vestido lindo mas era muito curto, e como é que ela, com aquelas pernas fininhas, horrorosas, ia ficar? Mas ela tava com as pernas lindas dela todas de fora. O outro vestido maravilhoso que ela viu, não pôde comprar que era muito decotado e os seios horrorosos dela iam ficar aparecendo, já pensou, que terror?

A Pat não era que nem eu, uma tábua com dois preguinhos espetados. Os seus seios ainda vão crescer, minha filha, você agora que começou a tomar corpo. Nem parece que minha mãe liga tanto pra palavras bonitas, quando usa essas horríveis, tomar corpo, encorpar. A Luluca que é pequeninha até já reclama que tem mais bico que seio. E a Clarissa, que tem a minha idade e já tem uns peitões? Cada uma no seu tempo, minha filha, algumas encorpam mais cedo... E a Marcela, que tem de sobra? Até me oferece, te dou, meio quilo, setecentos gramas, tá bom ou quer mais? Ela odeia ser peituda. Mas eu prefiro isso que ser uma tábua com dois preguinhos espetados. A Pat, sim, que tem uns seios bonitos, nem muito nem pouco, e ela tava com eles meio aparecendo e falando tudo isso. Eu com os seios de fora? Que horror! E ela sabe que tem uma cara linda, um corpo lindo, mas ela quer ouvir, e a gente fica só falando Pat, que que é isso? Você tem um corpo lindo, que perna fina que nada..., a gente só falando o que ela quer ouvir, não sei por quê.

E parecia que não ia acabar nunca esta história dos defeitos dela. Inhenhê inhenhê. E eu olhava pro André que ele nem tava me olhando nem nada, só olhava pra Pat e a Pat, inhenhê inhenhê, só olhava pro André. Mas um garçom veio servindo umas torradinhas com musse de salmão, aipo, sei lá mais o quê, e foi bom que o assunto foi mudando. E o assunto foi pra festa que tava um barato, e foi indo pra dinheiro, que precisava ter muito pra dar uma festona daquelas, que o pai da Adriana tinha, que ele deu pra ela um cavalo anglo-árabe, que o Janjão sabia, tinha perguntado a raça. Aí o assunto foi indo pro lado contrário. E só se falando em falta de dinheiro. Ih, lá em casa tá ruço. Eu? Eu nem ganhava um jumento. O André só olhando pra Pat. E eu que nem um mísero *poodle*?! Tás brincando? É muito. Lá em casa não dá pra descolar nem um *pinscher* miniatura. Os bichinhos iam diminuindo e a gente rindo. Lá em casa nem um *hamster*. Ih, na minha, nem ratinho branco de cobaia. E a Pat só olhando pro André. A Luluca disse que na casa dela o que mais se ouvia era que a vida andava pela hora da morte. Aí eu contei que a minha tia Zaíra dizia que as coisas custavam os olhos da cara e que eu imaginava logo ela saindo da loja ceguinha, ceguinha, se agarrando pelas paredes com uma mão e segurando na outra mão o que ela tinha comprado, que ela deixava os dois olhos lá. E todo mundo riu e ficou fazendo graça com o que as pessoas dizem sobre dinheiro. E nem um menino interessado assim, olho pregado na Pat, só o André. O Gustavo veio com a história de que na casa dele a coisa que mais se ouvia era não sei onde vamos parar, não sei onde vamos parar, que a mãe dele falava isso sempre repetindo pelo menos duas vezes. E o André contou, olho no olho da Pat, que na casa dele era falar na palavra dinheiro que a mãe dele tinha um ataque histérico. E a Pat sem dizer nada, só olhando direto pros olhos lindos do André. Enquanto o Zé Roberto falava alguma coisa assim, que ele sempre me achou bonita, que ele me notava sempre no colégio, mais ou menos isso, que eu não prestei muita atenção na conversa que ele falou meio baixo, só pra mim, e que todo mundo tava rindo e o André oferecendo a beiradinha da cadeira dele pra Pat sentar. Mas eu acho que eu abri minha bocona que o Zé Roberto disse que rindo eu ficava mais bonita, mas eu não tava achando graça nenhuma. E a Pat sentando na beiradinha da cadeira do André. E eu tava de batom vermelho e tudo. O que será que ele tava pensando? Nada. Ele tava ali sentado na mesma cadeira com a Pat, falando não sei o quê, e ela toda inhenhê inhenhê sorridente. Juventude é alegria, queridinha!

Aí o Gustavo convidou a Clarissa pra dançar e a Luluca se animou toda e chamou o Janjão pra ir com ela e foi todo mundo. Menos o André e a Pat. Continuaram ali naquela conversa baixinha só deles dois. Eu tive que ir com o Zé Roberto que ele botou a minha mão dentro das duas mãos dele e me puxou. Mas eu tinha posto uma torradinha assim, seca, sem musse nem nada nela, que eu fico precisada de comer quando eu tô deste jeito, toda remexendo por dentro, e enfiei ela inteira na boca e me engasguei. É que eu tinha um nó meio amarrando a minha garganta e acho que isso atrapalhou a torradinha na hora de ela descer. E a gente foi indo dançar mas eu tive que voltar pra beber um pouquinho de guaraná que eu tossia, e tossia, de um jeito que não ia dar. E o André e a Pat pararam aquela conversa baixinha só deles dois e ficaram parados olhando eu engasgada. E eu só queria sumir mas a tosse passou e eu fui dançar. Juventude é alegria, queridinha!

Uma discoteca de verdade. Luz piscando, discotecário e tudo. E cheia pra caramba. As pessoas se esbarrando, dançando muito que a música tava superanimada. O Zé Roberto e eu dançamos um tempão, nem conversando. Ainda bem. Na barulheira nem dava pra ele notar que o engasgado tinha passado mas só por um tempinho. Toda hora vinha de novo a coceira na garganta e a vontade de tossir. Mas eu prendia tudo. Prendia, prendia, e os meus olhos se enchiam de lágrimas e parecia que eu ia explodir. Então, eu tossia, tossia, assim, de pouquinho em pouquinho, disfarçando, dançando.

De repente, a música ficou lenta e o Zé Roberto me puxou e a gente começou a dançar junto e a conversar. Quantos anos você tem? Treze. Pensei que você fosse mais velha. É que eu fiquei compridona assim, de repente, eu disse rapidinho que me deu coceira na garganta e eu fiquei prendendo a vontade de tossir. Do jeito que você fala, compridona, parece que você não gosta de ser alta. Aí eu dei uma tossidinha que eu tava quase estourando e meus olhos tavam ficando cheios de lágrimas e que, não sei, o André vinha entrando com a Pat na discoteca. Eu sou xerox do meu pai... Lá em casa todo mundo é meio baixo..., e o André vinha assim com a mão no ombro dela,... moreno, bonito... não é que nem eu, compridona de repente, brancona... aí eu tossi umas três vezes e engoli o restinho da vontade de tossir. O André começou a dançar com a Pat. Você não gosta de ser parecida com o seu pai? É que... o restinho da vontade de tossir querendo sair... todo mundo lá em casa é parecido com a minha mãe... eu tossindo, tossindo, tossindo, e o André e a Pat dançando pertinho da gente e o rosto deles tão pertinho, tão pertinho um do outro. Minha mãe... é muito bonita... minha voz ficou meio falhando mas era esquisito que eu já tinha tossido tudo e isso agora acho que não era do engasgado. Você também é muito bonita, e eu gosto de

menina alta, eu também sou. O Zé Roberto falou olhando bem pra minha cara, e eu tive de virar ela pro outro lado, que os meus olhos só queriam ficar enchendo de lágrimas, mas eu respondi mesmo de rosto virado eu? E o cotovelo do André passou raspando no meu braço e a minha garganta ficou incomodando que parece que um nó amarrou ela, e ela tava assim, seca, que eu acho que todo o molhado dela só queria ficar subindo pros meus olhos. Você é engraçada, você é bonita e não sabe, o Zé Roberto continuou falando e eu disse é que eu tenho cabelo crespo e cor de quase. A música ficou animada de novo e o André dançava, ria, olhando direto com os olhos lindos dele pra Pat e ela tava bonita pra caramba jogando o cabelão liso dela pra um lado e pro outro e movimentando de um jeito tão bonito o corpo todo, dançando muito, muito. Que que é isso, cor de quase? O Zé Roberto teve que gritar que a música atrapalhava. O André parou de dançar de repente, e passou a mão no cabelo da Pat que tava caindo na testa e veio vindo assim, de mão dada com a Pat pra perto de nós enquanto eu dizia é cabelo assim, que nem o meu, quase louro, quase castanho, quase ruivo. E o André foi falar com o Zé Roberto qualquer coisa com a mão arredondada no ouvido dele e devia ser uma bobagem bem grande que o Zé Roberto ria e foi me dando muita vontade de tossir outra vez que eu não conseguia engolir nada e parece que de novo o molhado da garganta subia todinho pros meus olhos. A outra mão do André não parava nunca de ficar segurando a mão da Pat, e a Pat, de mão dada assim com ele, ficou olhando bem pra minha cara.

Aí eu me abaixei, não sei pra quê, acho que o meu olho não queria ficar olhando pro olho dela igual ao do André, que só queria, e comecei a arrumar, enfiar o dedo nas beiradinhas do escarpim novo e o André tirou a mão do ouvido do Zé Roberto que ele já tinha acabado de dizer lá a besteira dele. E ele rodou o corpo de repente pra começar a dançar com a Pat de novo. E nem precisou pegar a mão dela que eles já tavam de mão dada há muito tempo. Nessa horinha eu tava levantando que não tinha nada de esquisito mesmo na beiradinha do meu escarpim e o cotovelo do André bateu assim com um pouquinho só de força no meu rosto. Mas eu não sei o que que me deu e eu botei a mão na cara onde ele tinha batido e saí correndo que o molhado todo da minha garganta que subia de pouquinho em pouquinho toda hora pro meu olho parece que resolveu vir duma vez, derramar todo de repente. E eu fui rapidinho, correndo pro banheiro com a mão no rosto que nem tava doendo muito. Eu só tava sentindo uma coisa que parece que não era doendo, só ardia assim, não sei explicar, nem era na cara, era uma coisa que parece, uma coisa, ardendo dentro de mim, não sei o quê. E o André correu atrás de mim puxando a Pat, que eles, parecia que eles tinham se grudado pra sempre pelas mãos. Nem olhei pra trás. Só ouvia ele dizendo foi mal... foi mal... foi mal... Aí eu cheguei no banheiro e tinha um espelhão na minha frente. E eu não tava com batom vermelho na minha bocona nem nada. Aí eu chorei, mas só um pouquinho que a minha cara nem tava doendo. E lavei o rosto que não fazia mesmo diferença nenhuma e voltei pra discoteca e tava todo mundo me esperando na porta. O André passou a mão desocupada dele no meu rosto, que a outra continuava muito ocupada segurando a mão da Pat, e só dizia foi mal, foi mal, foi mal. Não tem importância, não tem importância, não tem importância, eu dizendo, e a Luluca dando tchau que o pai dela já tava esperando que ela ia embora mais cedo pra viajar no outro dia que era sábado e eu nem tava pensando nada, só não tem importância, não tem importância. Mas, de repente, não sei por quê, eu já tava perguntando assim pra Luluca, você me dá uma carona?

Cheguei em casa, tirei o vestido de crepe preto e vesti uma camiseta. Antes de ir deitar, peguei o Caderno da Minha Vida e escrevi: *Juventude é alegria, queridinha!*

4

Seria uma compulsiva?

... nuvens baixas e escuras. Dentro da casa, Bárbara ouviu um barulho. Apertou o pause *no controle remoto do vídeo. Deixou o menino com cara de susto congelado na tela. De boca aberta, os olhos mais abertos ainda. Que barulho era aquele? De onde vinha? Bárbara queria saber. Esperou um*

tempo. Barulho nenhum. O barulho não se repetiu. Aproveitou o pause *e foi na cozinha fazer um sanduíche de muito presunto. Voltou com ele e uma coca-cola e se sentou na frente do vídeo novamente. Ligou o play. O menino se mexeu. Mas só um pouquinho. No filme, ele estava ainda muito assustado. A boca continuou escancarada. Bárbara começou a sentir medo. O que será que o menino via? Ela estava sozinha em casa. Morria de medo de filme de terror. Mas sempre pegava um e sempre morria de medo assistindo. Por quê? Por que sempre fazia isso? Bárbara se perguntava preocupada. Seria uma anormal? O menino ainda estava muito assustado. Não aparecia nada na tela. Só ele e uma música pavorosa. Tããã tããããã tã tã. Bárbara botou rapidinho os pés para cima do sofá. Oh, o que será que o menino via de tão terrível?*

Aí eu parei de escrever que me deu uma vontade louca de comer um sanduíche de presunto também que eu fico toda meio remexendo por dentro, eu preciso levantar de vez em quando quando tô escrevendo uma coisa de que eu tô gostando muito. Fui na cozinha e voltei com um sanduíche de queijo que o presunto tinha acabado. E um Nescau de canudinho também.

Sentei de novo na frente do Caderno da Minha Vida e reli tudo que eu tinha escrito. Lembrei que a minha mãe diz pra mim que coisa mais compulsiva!, compulsão!, compulsão desta menina!, quando eu faço coisas que eu não quero muito fazer, mas que eu não resisto. Comer, ver filmes de terror... Então, eu apaguei o *Seria uma anormal?* e escrevi *Seria uma compulsiva?* e continuei do ponto em que eu tinha parado: *O menino deu um grito horrível. Ôôôôôô! Bárbara deu um grito tenebroso também. Uuuui! E deu um pulo no sofá. Uma alma do outro mundo apareceu longe no meio de uma fumaceira. Não dá para ver ainda a cara dela direito. Mas os cabelos são horríveis, ressequidos, com chumaços grudados. Uns cabelos em pé, voando para o alto. Voam mas é um voo duro, espequiado.* Aí eu apaguei esse *espequiado* e escrevi *espetado*, que eu não sei se existe mesmo essa palavra que é só a minha mãe que eu ouço dizendo. Ela adora palavras e acho que às vezes ela inventa umas que nem eu. *O menino fica duro feito pedra. A voz dele não sai mais. Ele quer gritar mais e não consegue. Ele quer fugir e não consegue. A alma do outro mundo vem chegando, vem chegando. O menino sua muito. Bárbara, sentada no sofá, se engasga com um nacão de sanduíche de presunto e não tem ninguém em casa para dar uns bons tapas nas suas costas. Ela tem lágrimas nos olhos mas não é de chorar. É do engasgamento. Ela lembra da coca-cola. Toma três goles grandes, um atrás do outro. O engasgado passa. Ela olha meio de lado para o vídeo. Ela quer ver o filme mas ao mesmo tempo não quer. A voz da alma do outro mundo que fala com o menino é tétrica. Grossa e roucona. E sai toda tremida:*

– Agoooora é a suuua veeeeez de viraaaaar um mooorto viiiivoo!

Já dá para ver bem a cara da alma do outro mundo. Ela está sorrindo. No sorriso dela vão começando a crescer dois dentões enormes que vão descendo para o lábio de baixo. Os cantos da boca dela aí eu apaguei *da boca dela* que não ficou nada elegante o cadela e botei *de sua boca vão entortando, entortando, até um lado ficar lá em cima e o outro embaixo, no queixo. O menino estatelou na parede. Não consegue mexer nem o dedo mindinho. Bárbara também não se mexe. Só mexe um pouco as mãos para roer as unhas. A alma do outro mundo está cada vez mais perto do menino que parece uma múmia paralítica! Os olhos dela estão em cima do menino. Os olhos dela são um pavor.* Não. Achei melhor apagar a última frase. A alma do negócio é o suspense. *Os olhos dela pareciam normais no início, encarando o menino. Mas vão se transformando. Um olho vai abrindo, abrindo, abrindo e inchando. E, de repente, pô!, explode e começa a sair um monte de cobrinhas languanhentas e remexidas do buraco onde tinha o olho. O outro olho, que é todo ferrado, fica brilhando meio amassado e pingando uma gosma verde.*

Parei pra ir na cozinha buscar um pedaço de pudim de leite condensado e um guaraná que eu já tinha comido a metade do sanduíche e o queijo era meio salgado e fui ficando precisada de comer doce. Aí eu demorei na cozinha. Eu tava louca pra continuar a escrever a minha primeira história comprida de terror. Que curtinha eu já tinha escrito uma porção. Mas eu comi o pudim lá na cozinha e tudo. Tive que ficar consolando a Cremilda. Ela tava chorando enquanto botava uns legumes cortados em quadradinhos pra cozinhar. Sábado, depois do almoço, é folga dela. Dia de ir pra Quintino. Fica por lá. Só volta segunda-feira. Mas como é que ela ia se tava chovendo muito, chuva dessas, catastróficas? Se os ônibus não andavam, as ruas tavam alagadas, se a cidade inteira tava um caos? Essa palavra eu tirei do vocabulário da minha mãe. Tudo pra ela é o caos, é caótico. A situação dos professores no Brasil, o meu armário, a praia cheia nos fins de semana, tudo. Ou então memorável. Ou então inexequível, que ela fala por tudo. Sempre tento usar essa palavra no Caderno da Minha Vida mas nunca acho a hora. Eu ia dizer pra Cremilda que era inexequível ela ir pra Quintino assim, debaixo de tempestade. Mas não tive certeza se fazia sentido e fechei a boca. E ela não queria mesmo papo comigo, só queria chorar. Tomei um copo d'água e voltei pra sala pra escrever pensando que o bom de escrever é isso. Que era sábado, que tinha o maior toró lá fora, que não dava pra sair nem de carro nem a pé. Mas eu, ó, nem ligando. Tava demais escrever a minha história de terror.

Li tudo outra vez que eu preciso reler pra pegar de novo as coisas que eu vou sentindo enquanto eu vou escrevendo. É que eu preciso sentir o medo que o menino do filme tá sentindo e o medo da Bárbara que tá assistindo ao filme. Senão a história não sai. *Um fio de gosma verde bem fininho escorre do olho pelo rosto da alma do outro mundo. Vai descendo pelo pescoço, pelo peito, pela perna, pelo pé. O olho espantadíssimo do menino vai seguindo a gosma. A gosma verde está no chão e vai se espalhando. Não é mais um fio. É um monte de gosma que vai subindo pelo sapato do menino. E o menino está em pânico. As cobrinhas saindo de um olho e a gosma verde jorrando do outro. O menino precisa fugir dali. Começa então a perder o jeito de múmia paralítica. Fecha a boca. Desencosta da parede. A Bárbara, que vê o filme, torce muito, pulando apavorada em cima do sofá e dizendo:*

– Vai, vai embora, corre! Foge, Jim!

Jim é o nome do menino do filme. Bárbara pega uma almofada para morder. Mas o gosto é bastante desagradável. Volta a roer as unhas, é melhor. Estão no bagaço as unhas dela, quase sangrando. Adorei escrever sobre alguém mais compulsiva que eu. Eu não roo unha. *O menino levanta finalmente uma perna. Agora sim vai conseguir fugir. Vira o corpo. É, é sim, é verdade. Vai conseguir fugir. A alma do outro mundo está muito perto, muito perto. O menino finalmente levanta a outra perna mas vê que ela não saiu do lugar.A gosma verde parece uma cola. O menino está preso no chão. Preso! O coitado está preso no chão.*

– Oh, céus! Foge, Jim! Foge!

Bárbara grita, batendo com o dedo, sacudindo a mão, torcendo muito, dando pinotes, saltando alto no sofá.

A mão da alma do outro mundo está pronta para segurar o Jim. Jim dá um grito terrificante que fica ecoando pelos ares. Bárbara grita e não aguenta. Seu coração está quase saindo pela boca. Aperta o pause. *Está morrendo de vontade de fazer xixi também. Precisa ir até o banheiro. Mas tem medo, muito medo. Odeia ficar sozinha em casa vendo filme de terror. Mas vê. Sempre vê. Por quê? Bárbara está preocupada. Seria uma compulsiva? Dobra o corpo para a frente e quase cai do sofá, tentando ver se tem alguma assombração debaixo dele. Não tem. Coloca os pés no chão. Calça a sandália. Levanta do sofá. Olha por tudo em volta. Embaixo de todos os móveis. Nenhuma assombração. Ouve um barulho bem perto dela. Dá um grito horroroso e corre. É o seu gatinho que pulou para cima da mesinha de centro e esbarrou num cinzeiro. Sente um enorme alívio e vai indo devagar para o banheiro. Vai acendendo as luzes. Todas que encontra. Lembra do pai dando bronca, perguntando aos berros se ela é filha do Jafé, se ela é sócia da Light. Mas não apaga nenhuma. Faz xixi e volta correndo, sentindo um arrepio muito forte nas costas. Se atira no sofá. Respira fundo várias vezes. Liga o* play.

Parei de escrever aí que minhas pernas cruzavam, balançavam, descruzavam, cruzavam, e o meu corpo ia pra frente e pra trás e o Caderno da Minha Vida tava ficando todo feio que a minha letra tava saindo um garrancho, que eu fui ficando nervosa escrevendo esse pedaço da história. Comi a outra metade do meu sanduíche de queijo. Tomei o restinho de Nescau até fazer chuc chuc no fundo. Dei um gole no guaraná. Então eu fui na cozinha ver o que mais eu ia querer comer, que comer é bom, eu paro de ficar nervosa.

A Cremilda não tava chorando demais, só um pouco, e fungando às vezes. Mas tava de cara mais fechada que sempre, jogando legumes cozidos no escorredor. Eu abri a geladeira mas não tinha nada de interessante nela. Fechei. Peguei um prato fundo e um garfo e esmigalhei umas bananas. A fungação da Cremilda tava me dando aflição.

Mas eu nem falei nada com ela que não ia adiantar nada. O que que eu podia dizer? Mas eu lembrei do meu pai dizendo isso é chuva de verão. À tarde, talvez até já tenha um solzão. Aí eu repeti que nem papagaio isso pra Cremilda. Mas ela só disse hã, sei. Tava com um humor de cão. Igual minha mãe, quando acordou.

Minha mãe pretendia, de manhã, assistir a umas palestras sobre literatura latino-americana. Pretendia. E acordou mal-humorada, chiando pra caramba. Sol a pino a semana inteira! Um gole no suco de laranja. A semana inteira trabalhando fechada numa sala de aula, aí, sim, o sol brilha, uma beleza! Uma mordidinha no pão dietético. E hoje? Sábado, cadê o sol?, ela perguntou de olho pro nada. Deu vontade de rir, que a minha mãe adora essas frases dramáticas. Pra que sol se ela ia se enfiar num auditório de uma universidade? Reclamar da chuva, tudo bem, mas da falta de sol...

Meu pai, que tá sempre descobrindo um jeito de fazer minha mãe ficar bem-humorada, largou o jornal na mesa do café e levantou da cadeira se espreguiçando. Sobe o corpo pisando nas pontas dos pés, desce o corpo e pisa com a sola do pé inteira. Sobe e desce, sobe e desce, sobe..., sorrindo, nem ligando pr'aquele mau humor dela. Esfrega, esfrega as mãos. Depois, com os dedos misturados, os de uma mão entre os da outra, levantou os braços retos, na altura quase do ombro, revirando e forçando as palmas das mãos pra fora até todos os dedos estalarem. Tac tac tac tac. Um estalo atrás do outro. Ele vive estalando os dedos e minha mãe vive reclamando. Já está virando até cacoete tão seguido você faz isso ultimamente! Se você continuar estalando os dedos desse jeito vai ficar com as mãos feias, as juntas dos dedos, sei lá, horríveis de tão grossas. Ele riu. Nem aí. Disse que juntas de dedos de homem de cinquenta e três anos não ficam mais grossas do que já estão, mas que ele adora quando ela se preocupa assim com ele. Que essa preocupação com a beleza das mãos dele faz ele se sentir bem-amado, que, puxa!, querida, isso é tremendamente revigorante. Já está você me gozando, Luís? Eu, Marininha, gozando você? Nunca. E foi se chegando pra perto dela, por trás da cadeira, franzindo o nariz e apertando os olhos. Se abaixou, dobrando o corpo. E foi dando uns beijinhos pelo braço dela e ela foi quase derramando o café quente da xícara e reclamando meio frouxo. Ele tirou com os dedos os cabelos dela da nuca e foi subindo, subindo os beijinhos pro ombro, pro pescoço, e ela largando a xícara no pires e reclamando ih, você está com a corda toda, hein? e outra coisa qualquer tão baixinho que nem parecia mais reclamação. E se desmanchou toda, assim, que nem gato. Levantou um pouquinho o ombro, dobrou a cabeça, encolhendo o pescoço, tentando não com muita vontade afastar o rosto dele dali. Toma jeito, Luís, tem modos, Luís!, já achando graça. E rindo junto com ele, se levantou da cadeira brincando de procurar as mãos dele que ele escondia atrás, nas costas. Minha mãe foi ficando lindona assim, rindo e toda molenga. Que ele beijava, beijava ela que não acabava mais. A pontinha da orelha, do nariz, a testa. Beijou no rosto, beijou na boca e ela foi beijando ele também.

E eles ficaram se beijando e cochichando, se beijando e cochichando. Aí, resolveram ir dormir de novo, que tava chovendo muito e não tinha nada melhor pra fazer. E o meu pai disse pra mim indo pro quarto o dia tá bom é pra ficar de bode. Mas acho que o sono era pouco. Toda hora lá na sala, escrevendo, escutava eles falando e rindo. Só de vez em quando eu ouvia o silêncio.

Derramei mel e aveia por cima das bananas e fui pra mesa da sala escrever. Li de novo, mas só do meio pro fim que eu já tinha toda a história na minha cabeça. *A mão da alma do outro mundo estava quase alcançando o rosto do menino. A mão não tinha carne. Só ossos, fininhos. A mão de esqueleto vai pegar Jim! Está muito próxima, muito. Não. Passou de raspão. Jim abaixa a cabeça, consegue tirar os sapatos e foge pisando descalço pela gosma verde. Bárbara relaxa. Deita no sofá da sala da casa furiosamente iluminada. Olha para as suas mãos. No canto de uma das unhas roídas corre um filetinho de sangue. A alma do outro mundo continua perseguindo Jim, que não sabe mais o que fazer. Está num estacionamento de um shopping de filme americano em que nunca tem ninguém para ver ou ouvir qualquer coisa, que dirá para salvá-lo. Aí Jim vê uma ferramenta no chão e pega. É um macaco que está perto de um carro que está com o pneu furado. Atira com força o macaco na alma do outro mundo. O macaco bate na cabeça dela. A cabeça sai rolando pelo chão. Mas não está morta. Gargalha. O corpo da alma do outro mundo continua atrás de Jim. Ele não vê. Está atento à cabeça que rola garga-*

lhando. Bárbara dá um grito. Fecha os olhos. Abre e fecha. Abre e fecha. Abre. Implora, sentando no sofá:

– Jim, olha atrás! Cuidado!

A cena é demais para o coração e as unhas de Bárbara. Aperta o pause. *Congela Jim de costas para o corpo da velha com as mãos sem carne quase alcançando o seu pescoço. Bárbara se odeia. Tem ódio de ver filmes de terror. Mais ainda sozinha em casa. Por quê, por quê? Por que sempre fazia isso? Sempre pega um. Sempre, vê, vê. Oh, céus! Bárbara se preocupava. Seria uma compulsiva?*

Aí eu parei pra comer a minha banana senão ela ia ficar preta. Atendi o telefone um monte de vezes. Não me deixaram comer meu prato de banana em paz. Primeiro foi o tio Conrado, irmão do meu pai, avisando que ia almoçar lá em casa mesmo com chuva. E que ia levar uma namorada nova. Depois, o Maurício pra dizer que ele, a Susana e os meninos iam assim que a chuva passasse um pouquinho. A Celina ligou dizendo que ela, o marido dela, a Valéria, a Magda e o Chico e o Edu iam aparecer mesmo que chovesse canivete. Aí fui pra cozinha avisar pra Cremilda que todo mundo vinha almoçar, imaginando esse pessoal pingando sangue, com o corpo cravado de canivete, sentado, almoçando.

A Cremilda enrolava na mão uma pele de tomate bem fina, fazendo uma rosinha que ela ia pondo em cima da maionese na ponta de um cabinho de salsa. Falei pra ela que todo mundo vinha almoçar e ela só disse de cara muito feia e pra que que você acha que eu tô fazendo essa comidarama toda? Mas logo ela fez uma cara de arrependida da grossura dela e me perguntou você acha que vai abrir mesmo o tempo? Que o sol vai aparecer? Eu disse claro. Não sei por quê. Chovia menos, mas muito ainda. Aí já que eu tava na cozinha mesmo aproveitei e servi um pratinho de doce de abóbora com coco que era pra sobremesa e levei ele pra mesa pra comer enquanto continuava a escrever. *Bárbara mais uma vez aproveita o* pause *para ir até a cozinha. Vai louca de medo. Sentindo uns arrepios fortíssimos nas costas, com a impressão de que a alma do outro mundo do filme está dentro, em algum canto escondida na casa dela. Vai com medo também de que o pai dela chegue de repente e comece a gritar com ela:*

– Por acaso você é filha do Jafé, sócia da Light ou coisa que o valha?

Meu pai usa muito isso. Adorei achar a hora de escrever coisa que o valha.

Bárbara pega o gatinho no colo para lhe fazer companhia até a cozinha. Faz uma banana split completa. Com castanha, mashimellou e tudo. Eu ia me levantar pra pegar o dicionário de inglês pra ver se estava certo esse "*mashimellou*" mas me deu preguiça e continuei. *Volta com a banana split meio pingadinha de sangue que escorreu das unhas roídas e senta no sofá. Não quer mais assistir ao filme. Está morta de medo. Quer ver o filme. Não quer, não quer. Tem certeza absoluta. Não quer. Mas não resiste. Liga o* play *preocupada. Por quê? Por quê? Por que sempre fazia isso? Seria uma compulsiva?*

O corpo sem cabeça da alma do outro mundo continua atrás de Jim. Jim não vê. A cabeça da alma do outro mundo rola para pertinho dos pés de Jim. As cobrinhas que saem do lugar onde era o olho estão vivas. Vivinhas da silva. Não. Apaguei o *Vivinhas da silva* que isso era a tia Zaíra que falava a toda hora e não tinha nada a ver. *As cobrinhas começam a subir pelas pernas de Jim. Ele pula, esperneia muito e bate com as mãos nelas tentando tirar as cobrinhas dali. Ele grita muito. Muitas vezes. Muito alto. Não aparece ninguém. Ele pensa que os carros que ficam em estacionamentos de filme americano não tem dono. Ninguém nunca aparece para buscar carro nenhum. Ninguém nunca salva ninguém nesses estacionamentos.* Parei e pus acento circunflexo no *têm* do *de filme americano não tem dono.* Que eu vi que *os carros* era plural. Mas apaguei tudo isso de carros, estacionamento, tudo que eu tinha escrito. Eu não podia saber o que o Jim pensava. Ele tava dentro de um filme e eu só podia saber o que o filme mostrava. Comi o meu doce de abóbora, dei uns goles no guaraná e continuei. *Jim está numa situação terrível. Mais terrível impossível. Um corpo vivo sem cabeça com uma mão de ossos, quase, quase alcançando as costas dele, um monte de cobrinhas e gosma verde jorrando pelos buracos dos olhos da cabeça que rola pelo chão, gargalhando, gargalhando sem parar. Bárbara rói as unhas que pingam sangue. Come a banana-split sanguinolenta. Rói as unhas que pingam sangue. Come a banana split sanguinolenta. Sua frio agora. Reza para o pai entrar pela porta dando a bronca de filha do Jafé, de sócia da Light. Prefere mil vezes que assistir a filme de terror. Ainda mais sozinha em casa. Por quê? Por que sempre pega um? Seria uma compulsiva? Bárbara se pergunta preocupada.*

Jim sofre muito mais que Bárbara. O esqueleto de mão pega a camisa dele pelas costas. Ele se vira bem rápido e a mão fica com um pedaço de camisa preso nela. Tem uma cobrinha já subindo pela sua coxa. Dá um tapa na mão e os ossinhos voam todos se remexendo. Vivos também. Dá um safanão na cobrinha. Pelo estacionamento estão espalhados cabeça, corpo, ossinhos de mão, gosma verde e cobrinhas. A cobrinha em que Jim dá um safanão salta longe. Mas várias outras sobem pelo seu corpo. Jim sabe que se uma picar seu pescoço ele morre e vira um morto-vivo. Bárbara grita:

– Cuidado, olha a cobrinha perto do pescoço, Jim!

Parece que Jim escuta Bárbara falando. Mas é só impressão, coincidência. Jim atira longe a cobrinha. A cobrinha vai parar no pé de alguém. Não é o pé de Jim. Não, não é o pé de Jim com certeza. Quem será que finalmente aparece no estacionamento? O dono de um carro? Quem será? Tcham tcham tcham tcham.

Aí eu não queria parar de escrever de jeito nenhum que a história tava quase no fim. Mas tive de parar que a Cremilda tava irritada e queria botar a mesa pro almoço e ficou chiando nos meus ouvidos que a mesa tava uma bagunça, suja, cheia de pratinho, e coisinha e farelo de pão. Então eu fui pro meu quarto escrever na minha escrivaninha. Mas antes eu passei pela cozinha e peguei duas goiabas.

Tive que reler a história todinha que com isso de mudar de lugar me desconcentrei. E da sala vinha uma barulhada danada, que tava chegando um bando de gente. Eu ouvia um mundo de vozes, principalmente a voz do meu pai e da minha mãe que depois de ficarem de bode a manhã inteira tavam muito metidos a engraçadinhos, super bem-humorados. Tive que andar de um lado pro outro um tempão. Aproveitei pra comer minhas goiabas enquanto inventava na minha cabeça o final da minha história de terror. Aí, de repente, a ideia veio completinha de uma vez. Sentei rápido e escrevi:

Nesse instante Bárbara ouve um barulho na porta de sua casa. Aperta o pause *para ouvir melhor o barulho. Seu coração está quase sendo vomitado de tanto vir até a garganta. O barulho continua. Bárbara fica histérica. Pula e grita em pé no sofá sem parar. Está tão fora de si, completamente histérica, que não percebe que é seu pai que enfia a chave na porta. O pai entra e fala com ela. Mas ela não ouve nem vê nada. Pula, grita, se escabela em pé no sofá. Só começa a raciocinar quando ouve seu pai gritando:*

– De castigo! Por acaso você é filha do Jafé? De castigo! Já para o quarto! Por acaso você é sócia da Light?

Sem saber o final do filme, Bárbara muito agradecida sobe de castigo para o quarto escuro. Prefere. Prefere. Mil vezes a bronca que um filme de terror. Por quê? Por que sempre pega um? Por que sempre fazia isso? Bárbara subindo para o quarto se preocupava. Seria uma compulsiva?

O pai de Bárbara desliga todas as luzes. Para na frente

da televisão para desligá-la também. Vê que é um filme de terror. Odeia. Odeia odeia. Mas não desliga. Seria o pai de Bárbara um compulsivo? Odeia filmes de terror. Mas não resiste e assiste ao final do filme.

Jim reconhece o pé. O tênis velho e sujo do seu padrasto. Oh, é o tênis sujo do seu padrasto, sim. Corre para ele. Para o tênis, o padrasto e tudo. O padrasto abraça Jim. O padrasto está comovido. Jim também, e uma lágrima corre pela sua face direita. Jim, além disso, está envergonhado. Odiava o padrasto. Fugiu de casa por causa do padrasto e deu no que deu. Jim tinha um terrível complexo de Édipo, tinha o maior ciúme de sua mãe que era uma viúva muito da lindona. E agora quem vinha para lhe salvar? Que vergonha! Que vergonha! Mas não era hora para emoções ainda. Precisavam se livrar de toda aquela gosmeira verde, cobrinhas langanhentas, cabeça gargalhante, corpo etc. Então o padrasto puxa Jim pela mão passando por cima de tudo aquilo, que ele era forte pra caramba, e abre a porta de um carro que está parado no estacionamento. Enfia Jim lá dentro e entra também. O carro está com a chave dentro. Aí eu achei que era muita cascata e ia apagar esse final. Mas não apaguei que os carros parados em estacionamento de filme americano todos ficam com as portas abertas e as chaves lá dentro e com muita gasolina. Não era cascata. E continuei. *O carro pega imediatamente e eles saem correndo cantando pneus pelo estacionamento. Chegam em casa. A viúva lindona, mãe de Jim, está na porta. Feliz. Os três entram em casa abraçados e sorrindo. Pensam que vão ser felizes para sempre. Mas se enganam. Ah ah ah ah! Uma risada maligna ecoa pelo filme, que agora mostra o carro estacionado na porta. Uma cobrinha veio junto, e está se remexendo langanhenta escondida embaixo dele. Pobre Jim! Pobre Bárbara! Vai começar tudo de novo na minha história de terror II.*

Aí eu vou pra sala que tá cheia de gente, que tá todo mundo animado e os meus sobrinhos me abraçam e me beijam e eu falo com todos e vejo que o solzão tá aparecendo, que parou de chover. E eu olho pra cara de felicidade da Cremilda que ela ia poder ir pra Quintino. Ela vai servindo a comida na mesa. A mesa tá linda, linda. E cada prato mais gostoso... Mas eu não tô com muita fome, não sei por quê. Será que comi muito? Comi? Por quê? Por quê? Por que eu sempre fazia isso? Seria uma compulsiva?

5

E vá lá entender o ser humano

Eu tava de bobeira mesmo, sentada, só pensando no meu aniversário. Meio adivinhando como é que ia ser. O Davi vinha com a Jane de Miami. Meu pai e minha mãe convidaram os amigos deles. A Susana e o Maurício também. O tio Conrado vinha com a namorada nova dele. Ele vivia de namorada nova e era a maior confusão. Que nas festas na minha casa sempre iam as três ex-mulheres dele também. A primeira, a tia Emília, e a terceira, vinham com seus maridos, que elas tinham casado outra vez. A segunda trazia sempre um namorado novo, igual ao tio Conrado. E vinham os cinco filhos do tio Conrado com suas mulheres e namoradas e tinha um que já tinha casado duas vezes e nem tinha vinte e seis anos, e vinha a tia Zaíra também. Que não concordava com nada. Não concordo, não concordo... e estalava a língua nos dentes e eu já tava até vendo ela nos ouvidos da minha mãe. Um descaramento! Uma afronta, uma afronta! Como é que ela permitia aquilo na própria casa? Aí me metia no meio do assunto. O que que eu vendo aquilo, uma menina, uma menina, ia pensar do amor? Que o amor era isso? Uma bagunça? Um troca-troca, um faz-desfaz? Amor é pra vida toda... Aí, coitada da minha mãe..., ela ia desandar a falar do falecido, que Deus o tenha, que Deus o tenha, do

amor verdadeiro, do amor eterno. E a minha mãe acho que só pensando e vá lá entender o ser humano.

Tava assim, avoada, o telefone tocou e eu fui atender. Nem acreditei. Era o Zé Roberto me convidando pra ir ao cinema às quatro e meia. E eu disse com a voz falhando e o coração feito louco, batendo apressado, apressado, que eu não podia sair de casa enquanto meu pai e minha mãe não chegassem do trabalho. E às seis e meia, você pode? Eu disse posso, com o coração mais doido ainda de tão surpreso. Então, às seis e meia eu te pego aí, tá bom? Tá.

Larguei o telefone com as pernas meio desengonçando e fui andar pela casa, que é mania que eu tenho quando fico assim, remexendo muito por dentro. Mas andar pela casa tava difícil, que tavam pintando as paredes dela que daí a cinco dias eu ia fazer catorze anos e meu pai resolveu me dar de presente uma festa supimpa, como ele falou. E resolveu dar um jeito na sala, e resolveu aproveitar e dar um jeito no meu quarto, e resolveu aproveitar e dar uma ajeitadinha no dele, e resolveu aproveitar e arrumar a casa inteira e vá lá entender o ser humano que tudo tava desarrumado. A casa inteira tava um caos. Na sala não tinha sofás nem poltronas que foram pro estofador. Os outros móveis, cobertos com plásticos pra não respingar tinta neles. O chão, todo forrado de jornais velhos. Os enfeites, livros, quadros, tudo empilhado no meio da sala, dos quartos e do escritório. Eu não podia sair por isso. Os pintores podiam precisar de alguma coisa. Mas eu não tava nem ligando. Tudo pra mim, pro meu aniversário.

Fui só até o corredor e voltei, que andar pela casa com ela desse jeito não tinha graça nenhuma. Lembrei do livro que minha mãe tinha me entregado de manhã saindo pro trabalho. Filha, vê se não fica o dia na frente da televisão. É só bobagem, filha, ocupa melhor o teu tempo. Mas ler sem ser esparramada num sofá também era muito sem graça. Aí, pensando nisso, nessas frases da minha mãe, as mesmas de quase todo dia, eu tive uma ideia legal. Peguei o Caderno da Minha Vida e um lápis que já tavam na sala e comecei a escrever:

Bárbara senta na grande banheira redonda e transparente. Fica com água até o pescoço. Liga a televisão na borda da banheira. O programa especial de seu cantor de rock *favorito ainda não começou. Ele vai cantar* Flores de metal, *seu último grande sucesso. Bárbara adora. Adora. Vários bumbuns de fora sacolejam ao ritmo de um samba. É um comercial de biquínis, Bárbara aposta. Oh, não! Nunca ganho uma, nunca ganho uma, Bárbara reclama. É um comercial de ervilhas em lata.* Parei que ficou uma coisa soando esquisito no meu ouvido. Reli e descobri que era o *caga* do *nunca ganho* mas deixei assim. A borracha tava no sacolão no escritório da minha mãe, no meio da maior barafunda, embaixo de um lençol, junto com uma porção de coisas. E só de pensar nisso tudo eu já tava cansada. *Um moço atlético lindo maravilhoso faz* windsurf. *Por ele passa um outro atlético lindo maravilhoso velejando com uma moca deslumbrante e mais um atlético lindo maravilhoso correndo de* jet ski. *Todos se abanam e sorriem. Estão cheios de alegria e saúde. Bárbara aposta que é um comercial de vitamina C. Oh, não! Não acerto uma, não acerto uma, Bárbara reclama. É um comercial de cigarros. Serve-se do bolo de chocolate da borda da banheira e muda o canal da televisão. Um cabelo comprido, louro, liso e brilhante está pulando, pulando. Que saco, comercial de xampu!* Aí eu parei por causa do *coco* do *saco, comercial* mas de novo veio a preguiça de buscar a borracha e continuei. *Vai trocar de canal. Mas não troca. Não é comercial. A dona do cabelo vai aparecendo. Ela está na cozinha, de costas, dançando enquanto corta cenouras em rodelas fininhas. A câmera sai da moça, sai da cozinha, passeia pela casa e chega na sala. Na porta. Na maçaneta. A maçaneta se mexe. Está rodando. Oh, céus!, Bárbara pensa. Enquanto ela pensa isso, a maçaneta continua rodando, rodando, rodando. Oh, não! É um filme de terror, Bárbara aposta se encolhendo na banheira. A porta está se abrindo. Abrindo. Abrindo. Que tensão, que tensão! Bárbara fecha os olhos e enfia a cabeça dentro d'água. Entra água pelo seu nariz. Volta à tona imediatamente. No filme aparecem duas pernas de calças pretas da altura das coxas para baixo. Elas estão entrando pela porta. E uma mão!* Aí eu parei de novo. Eu tinha que pegar uma borracha pra apagar *uma mão!* que mamão não fica lá muito legal e ia ficar uma história esquisita com caga, coco, mamão, essas coisas. Fui até o escritório, levantei o lençol que cobria as coisas que saíram do meu quarto, procurei, procurei, achei o sacolão e levei ele pra sala. Peguei a borracha, apaguei só *mão!* e continuei a escrever *luva de couro preto! A luva não está vazia. Dentro dela tem uma mão.* Parei de novo que outra vez saiu mamão.

Mas não apaguei que só vinha mamão na minha cabeça e eu não tava a fim de pensar muito, e continuei. *A mão segura uma faca comprida e bastante pontudinha. De repente muda tudo. Um moço lindésimo. Ele está sentado atrás de uma mesa. A sala está dentro de uma delegacia. Oh, não! Não acerto uma, não acerto uma, Bárbara reclama, se esticando novamente na banheira. É um filme policial. O moço lindésimo olha para as fotos espalhadas sobre a sua mesa. Cento e vinte e cinco moças arroxeadas, ensanguentadas, furadinhas e mortas. Todas têm cabelo longo louro liso macio e brilhante. Um policial de olho puxadinho entra, cumprimentando, chamando o moço lindésimo de Bill. E Bill responde chamando-o de Chi Li.*

Chi Li conta para Bill:

– Outra moça, nô? De cabelos longos louros, né? Lisos e brilhantes, né? Foi assassinada, nô? Hoje de manhã, né?

– Oh, não! Cento e vinte e seis! Quando isso vai acabar? Quando isso vai acabar? – Bill fala balançando muito a cabeça.

– Depende de senhô, nô? – Chi Li responde curvando o corpo para baixo e para cima várias vezes. – Senhô muito lento, nô?

Bárbara aposta que a moca que morreu é a que dançava cortando cenouras em rodelas fininhas. Mas não fica sabendo porque entram os comerciais.

Essa última frase eu escrevi pra dar uma parada mesmo que eu tava sentindo muita fome. Fui ver as horas e já eram duas horas da tarde, não sei por quê, a Cremilda ainda não tinha me chamado pra almoçar. Fui pra cozinha. E na porta, tinha um pintor. Eu não podia entrar que ele tava fechando a passagem. Mão na maçaneta, braço esticadinho. Na outra mão, um copo vazio. Ele conversava com a Cremilda. Quintino?, eu também, como é que eu nunca te vi por lá? E a Cremilda perguntou jura? Em Quintino?, de um jeito que eu até estranhei de tão alegre. E continuou de um jeito mais alegre ainda, minha Santa Edwiges!, Nossa!, como este mundo é pequeno! Dá licença, eu pedi pra entrar. E ele entregou o copo pra Cremilda agradecendo, e foi lá pra dentro trabalhar. Abri a geladeira e vi que a Cremilda já tinha voltado ao normal. Ela começou a falar sem o menor sorriso que já ia servir o almoço, ia fritar bife à milanesa, que eu não comesse nada, eu ia ficar me empanturrando antes do almoço e essa conversa toda, que ela aprendeu a falar tudo que minha mãe fala. Então eu só peguei uma fatia de melão e fui pra sala escrever.

Bárbara aproveita e muda de canal. O seu cantor de rock preferido está cantando Fumaça batatas mofo e mordida. *Joga a cabeça para trás, para a frente, para trás, para a frente, com muita força e muitas e muitas vezes. Depois, ele pula num pé só acompanhando a música animadora. Milhares de pessoas na plateia pulam num pé só. A imagem é contagiante. Bárbara grita, ficando em pé na banheira:*

– Yeah!

Bárbara pula num pé só também. Escorrega na banheira. Quase se afoga e engole muita água. Senta-se novamente tossindo, enquanto a plateia aplaude, aplaude, aplaude. Ele agradece jogando flores de metal para o seu querido público.

Vários fãs desmaiam com o paft da flor de metal na cabeça. Alguns morrem. Bárbara delira tossindo muito e jogando as pernas para cima. Balança muitas vezes elas no ar, bate palmas e grita:

– É agora! Ele vai cantar Flores de metal*!*

Mas agora ele canta Elefantes rubros e cílios de néon. *Oh, não! Não acerto uma, não acerto uma, Bárbara reclama, afundando as pernas dentro d'água, desanimada. Bárbara acha* Elefantes rubros e cílios de néon *devagar quase parando e muda para o canal do filme.*

Parei de escrever que a campainha tocou. Fechei o Caderno da Minha Vida que eu não gostava que lessem ele e fui atender a porta. Era a Marcela. Foi entrando assim, sem dizer oi, sem dar beijo nem nada. Igual a Valéria fez uns dias atrás. A Marcela foi direto sentando, chorando e falando. E eu não entendia nada, ela misturava tudo. O Renato... ele chorava, foi horrível. O que que foi?, eu querendo entender. E o Léo não parece criança... e eu tô sim, tô gostando dele, o que que eu posso fazer? Eu não queria, logo agora que a minha mãe deixou eu namorar o Renato. Mas que que eu posso fazer se eu tô gostando, tô gostando? Minha mãe me mata se souber.

Aí eu fui na cozinha buscar um copo d'água pra ela, que a minha mãe sempre fazia isso quando eu tava assim do jeito que a Marcela tava. E o pintor lá, mão na maçaneta, braço esticadinho, copo d'água na outra mão, conversando com a Cremilda. Que o pai dela ia deixar ela ir com ele no sábado sei lá onde, não entendi. Que ele era humilde mas gente boa, homem honesto e trabalhador. Que tá comigo, tá com Deus. Pedi licença. E tudo de novo. Servi a água e levei pra Marcela e ela já tava melhor, e me explicou. Ela tava gostando de um tal de Léo. Gente finíssima, puxa, mais velho, no segundo ano de Biologia Marinha. Cabeça feita. Agora que a mãe dela tinha deixado ela namorar o Renato, e eles namoravam há mais de um ano. Mas ela descurtiu. Sei lá, ela dizia, sei lá. Ele ficou criança, bobalhão, parece, pra mim. Eu não queria que fosse assim. Ai, por que que tem de ser assim? Ai. Por quê, por quê? Eu querendo tanto responder pra ela que era ruim ouvir aquele ai de machucado, doído dela, mas que que eu podia responder? Tudo desencontrado..., ela repetia, tudo desencontrado... Eu terminei hoje de manhã, na praia, o namoro com ele. Ai, você precisava ver. O Renato chorando, assim, no sol, no sol, na frente de todo mundo. E ficou falando um monte de coisas boas do Renato. Mas ele ficou parece que criança, não sei. Ai, eu não queria que ele... Mas aí o telefone tocou e era a mãe dela, querendo saber se ela tava mesmo lá em casa, que ela andava sempre atrás da Marcela, desconfiando de tudo. Ia ver era por isso que a Marcela mentia desse jeito pra ela. E a Marcela atendeu e foi lavar o rosto, nem continuou a conversa comigo, que ela ia aproveitar que a mãe dela sabia que ela tava lá em casa e ia se encontrar com o Léo. E me deu assim uma sensação forte, sei lá, ruim, um aperto no peito, pensando que ela ia encontrar com o Léo mas não tava alegre nem nada. Que ela me deu um beijo, disse que tava de saco cheio, cansada, e deu tchau.

Eu fui lavar as mãos pra almoçar, pensando nisso tudo, que parece, não sei, ninguém entende direito o que que acontece, como é mesmo que funcionam essas coisas todas de amor. Que ninguém entende nada. Que ia ver era só isso mesmo de e vá lá entender o ser humano, como a minha mãe fala. Que não é só a Marcela que, porque tem quinze anos, ficava lá perguntando por que que tem de ser assim, por quê? A Valéria, que é amiga da minha mãe, ela também, que eu ouvi uns pedacinhos da conversa delas na noite em que a Valéria chegou e foi entrando do mesmo jeito da Marcela, direto, sem beijo nem nada.

Meu pai jogava tênis no clube. Minha mãe preparava as aulas no escritório e eu assistia à televisão. Tocou o interfone e o porteiro avisou que era a Valéria. Abri a porta e ela foi entrando, indo direto pro escritório. Cadê a Marina? Minha mãe tá aí. Eu indo junto. Cadê a Marina? Ela abriu a porta sem nem chamar nem bater antes. Entrou e se jogou na poltrona, atirando a cabeça pra frente, quase encostando o rosto nos joelhos. Derramou as flores molengas da saia e o cabelo vermelho dela pro chão, dizendo, ah, Marina, você nem sabe... Ele terminou tudo comigo, Marina, tudo. Acabou! E começou a chorar de soluço. Minha mãe saiu detrás da mesa e pegou na mão dela que tava largada, moloide assim, pra fora do braço da poltrona. Não sei, não sei, não dá pra entender..., e levantou a cabeça... que ele gosta de mim, que estar comigo é ótimo mas ele não quer, dá pra entender, Marina? Ele não quer se envolver. Por quê?, por que que tem de ser assim? Ah, amiga, amiga, minha mãe repetia, e esfregava a mão dela, parecendo que a dor dela era ali, nas costas da mão. Aí minha mãe reparou que eu tava ali junto delas e me deu um 29, que é um olhar que ela me dá, que ela não precisa dizer nada, eu entendo depressa o que ele quer dizer. E eu inventei que o nome dele é 29. Esse queria dizer sai daqui, esta conversa não é pra você. Eu saí. Fui pra frente da televisão mas nem sentei. Fiquei ali um pouco, e comecei a ir e vir no corredor.

... me entregando, me entregando, e quando eu me entrego, ele faz isso... Por quê?, me diz, ah, Marina, me diz, por que que tem de ser assim? Eu indo até o início do corredor e voltando... uma idiota, não, você sabe que não é! Ele tava se apaixonando por você, sim, Valéria, exatamente por isso ele terminou. Você não vê... Eu voltando pra sala. Nem parando, indo de volta pro corredor... não ignorava isso, Valéria?, que ele tem medo, que ele se defende do amor? Você sabia que o Edu faz isso, que ele foge sempre. Ai, Marina, por que que tem de ser assim, por quê? Eu indo rapidinho pra sala e voltando pro corredor... administrar? Para com isso, Valéria! Nós estamos falando de ser humano, de sentimentos, não de empresa. Que mania de administrar! E para lá! Vai ver ele muda de ideia, sei lá, espera aí, que eu vou buscar uma bebida pra nós, ele é humano, ora, nunca se sabe... Ah, Marina, aí é que não ia dar pra entender, a Valéria gritou lá de dentro do escritório e a minha mãe respondeu, já no meio do corredor, ah, Valéria, e vá lá entender o ser humano.

Eu pensava nisso tudo indo pra cozinha pra ver se meu almoço saía logo e o telefone tocou. Era o Zé Roberto de novo. E minha voz deu uma trancadinha que eu imaginei logo que ele não fosse mais ao cinema comigo, que ele fosse, sei lá, nem cheguei a imaginar tudo que ele foi perguntando se eu ia mesmo ao cinema, se eu tinha falado com o meu pai ou a minha mãe. Eu disse que não precisava, que eles iam deixar, que eu ia ao cinema sim. E fiquei com as pernas desengonçando, parece que meio tremendo, e o coração todo apressado outra vez que ele tava louco pra ir ao cinema comigo e eu fiquei louca pra ir ao cinema com ele, que eu tava sentindo tudo assim muito forte, e fiquei querendo que chegasse logo a hora de ir e fui ver as horas e já eram mais de três horas da tarde e pensei que a Cremilda tava era maluca que ela só ficava lá de conversa com o pintor e nem lembrava de mim, e que esse pintor podia até ser gente boa, honesta, mas que trabalhador não era muito não, que só os outros dois pintores trabalhavam e que faltavam cinco dias pro meu aniversário e isso foi me dando uma agonia danada que a pintura da casa não ia ficar pronta cm tempo. Aí eu fui pra cozinha e fui pedindo dá licença, que ele tava lá, mão na maçaneta, braço esticadinho, sem nem copo d'água na mão, e ele foi saindo e eu fui pedindo meu almoço pra Cremilda que tava tão alegre que nem voltou ao normal, continuou bem-humorada, e foi arrumando a mesa e fritando meu bife e falando que a casa dela em Quintino é pintada sempre de cor-de-rosa, que tem quintal, e tem varanda com rede e tudo, e que o pai dela quando não tava plantando mudinhas de frutas, ficava só lá sentado. Mas isso, agora, depois que virou aposentado. E ela até me disse que ia me dar um brinco uma graça que ela viu no camelô. Ela me serviu e foi lá pra dentro. Acho que conversar com o pintor. Achei bonito pra caramba isso. De Cremilda de um jeito diferente. E eu fiquei assim, outra vez, toda remexendo por dentro, meio com um nó apertando na garganta que eu tava sentindo tudo com muita força. Eu tava assim... como é mesmo que se diz?

Almocei devagarinho. Escovei os dentes e voltei pra sala pra escrever. Tudo isso, tentando lembrar como é mesmo que se diz da pessoa que tá assim como eu tava, manteiga derretida por tudo, por nada, mas não lembrei. Abri o Caderno da Minha Vida e na página que eu abri tava escrito *A SUSANA E O MAURÍCIO SE SEPARARAM.* Aí eu fiquei folheando e vi em letra vermelha e grandona uma porção de *A SUSANA E O MAURÍCIO SE SEPARARAM* e uma porção de *A SUSANA E O MAURÍCIO VOLTARAM* e no meio disso uma porção maior de *O ANDRÉ FICOU COM.* Que o com variava muito. *O ANDRÉ FICOU COM A ANDRÉIA, A PRISCILA, A RENATA, A PAT, A LUCIANA, A PRISCILA, A BIA...* e também em letra vermelha e grandona, que eu escrevia assim as coisas importantes que me aconteciam, *SAUDADE DO VOVÔ SAUDADE DA VOVÓ* que eu escrevia quase todo domingo. Que antes deles morrerem, aos domingos a gente ia depois da praia almoçar lá na casa deles. Mas aí a minha vó morreu. E o meu vô, três meses depois. De nada, nadinha, doença nenhuma. Os médicos disseram que foi de saudade da vovó, que ele, assim, pif, desistiu de viver. E só de lembrar disso eu já fui ficando derretida, manteiga.

Aí eu fui procurar a página que eu tava escrevendo a minha história que escrever é bom por isso, a gente não pensa no que não quer pensar. E vi que o Caderno da Minha Vida tava quase no fim. Eu ia ter que fazer uma história curta. Reli ela umas três vezes e me veio uma ideia boa e voltei a escrever.

Bárbara pensa que enlouqueceu ou o filme andou para trás. As pernas de calças pretas e a mão que segura uma faca comprida e bastante pontudinha ainda estão entrando pela porta na sala. Mas Bárbara faz um grande esforço mental e entende que tudo se passava ao mesmo tempo. Entende mais. Entende que a moca que dança e corta cenouras em rodelas fininhas está vivinha da silva. Oh, não! Não acerto uma, não acerto uma, Bárbara reclama. As pernas de calças andam bem devagar e silenciosamente. Estão no meio da sala. Bárbara fica tensa. Tensa e dividida. Quer ver o seu cantor de rock *preferido. Adora. Quer ver o filme policial. Adora. Aparece o cabelo longo loiro liso macio e brilhante pulando, pulando. As pernas de calças pretas e a mão na luva que segura uma faca ainda estão no meio da sala. Bárbara quer ver o filme. Quer ver o seu cantor de* rock *preferido. Muda de canal rapidinho. O seu cantor de* rock *preferido está suado, descabelado, rasgado, e tem duas cordas de sua guitarra arrebentadas. O seu querido público está desmaiando e morrendo com o paft paft paft das flores de metal que ele joga, agradecendo os aplausos.*

Bárbara grita, enquanto joga sais espumantes na água da banheira:

– É agora que ele vai cantar Flores de metal*!*

Mas agora ele canta Entre bufos e lufadas na Mesopotâmia. *Ela acha demais* Entre bufos e lufadas na Mesopotâmia. *Mas prefere* Flores de metal. *Troca de canal. Chi Li e Bill estão correndo muito, dentro de um carro de polícia. Troca de canal. O seu cantor de* rock *preferido está com as veias do pescoço saltando, atirado no chão, esperneando. A plateia também. Bárbara está dividida. Quer ver ele ali esperneando. Adora. Mas adora filme policial. Então troca correndinho de canal.*

Quando escrevi *correndinho* me lembrei que eu precisava ver a hora. Ai me deu um friozinho na barriga que lembrei que eu ia ao cinema com o Zé Roberto e nem fui ver a hora nem nada. Fiquei só pensando num monte de coisas misturadas. E pensei que ultimamente eu andava pensando muito e me deu bobeira, uma vontade de rir que eu pensei que pra mim um cachimbo não era apenas um cachimbo como meu pai fala pra minha mãe quando eles discutem. Marina, você procura cabelo em ovo, hein? Papagaio, Marininha, que cabecinha conflitada! Será que você não pode achar pelo menos às vezes que um cachimbo é apenas um cachimbo? Tá tudo tão bem, pra que analisar, questionar, pensar tanto? E ela só dizendo ah, é que você tem cabeça de engenheiro.

Fiquei só procurando cabelo em ovo, sem ver hora, escrever coisa nenhuma. Pensando nessas coisas todas de amor. No meu pai dizendo bobagem, na minha mãe sempre falando sério, nas coisas que eles discutem, nas coisas que eles se entendem. Na cabeça de engenheiro dele, na cabecinha conflitada dela. No meu avô que morreu de saudade da vovó. Na Susana e no Maurício separando, voltando, separando, voltando. No tio Conrado gostando toda hora de uma mulher diferente. No Davi que gostava de menininha de praia, toda tcham, transadinha, cheia de gíria, e foi gostar da Jane que é branquelinha e nem fala a língua dele. No meu primo que nem tem vinte e seis anos e já casou duas vezes. Na Valéria e na Marcela sem entender por que que tem que ser assim. No Edu, que é amigo do meu pai e tudo e tem medo, foge sempre do amor. No Renato, chorando no sol, no sol, na frente de todo mundo. Na Cremilda, bem-humorada por causa do pintor mão na maçaneta, braço esticadinho, que não trabalhou nada de nada pra ficar de conversa com ela. Na tia Zaíra que só amava, só amava o marido morto dela, que Deus o tenha, que Deus o tenha. Em mim, que tava até de perna troncha, desengonçada porque ia ao cinema com o Zé Roberto. Que esse negócio de amor era isso mesmo de e vá lá entender o ser humano que eu nunca tinha pensado nisso. No Zé Roberto mais que amigo, que eu gostava do André. Aí, um dia, a gente conversou sem ser no meio de todo mundo, assim, nós dois sozinhos, e, no final, eu fiquei sentindo um troço esquisito. E há dois dias a gente conversou de novo e na hora da gente ir embora ele disse que por ele, ele ficava ali, ainda muito tempo, só conversando comigo. Aí eu vi que o troço esquisito era isso, eu também ficava querendo conversar mais, ficar mais tempo ali com ele. E aí ele me convidou pra ir ao cinema e tava doido pra ir e eu também. E foi me dando outra vez o friozinho na barriga, uma vontade que chegasse logo a hora, então, eu fui ver, e já eram quatro e quarenta e eu não ia conseguir ficar quieta escrevendo. Que eu tava assim... como é mesmo que se diz? Isso de quando a gente tá sentindo tristeza, tudo, alegria, de um jeito muito forte? Não lembrei. Então, fui ver a pintura da casa. E a casa ia ficar legal pra caramba, toda creme, clarinha. E com os estofados novos ia ficar melhor ainda.

Eu tava no meio do corredor e o telefone tocou. Fui atender, de coração meio pulando, crente que era o Zé Roberto de novo. Mas era o meu pai. Pra saber se tava tudo bem e pra me avisar que ele já ia pegar a minha mãe na faculdade e vinha embora pra casa. Tudo bem, pai. Não falei nada de pintor, mão na maçaneta, braço esticadinho, nada. Só que eu ia ao cinema com o Zé Roberto. Quem? Eu expliquei. E ele disse ah, sei, o compridão, aquele que tá sempre olhando de rabicho pra você. Ah, pai, para com isso. Mas ele não parou. Me ensinou tudo sobre os tipos de olho, de olhar que existem. Rabo de olho, olho nu, olho clínico, olho grande, olhar maroto, de seca-pimenteira, de galã, de canto, rabicho, soslaio, mormaço, peixe morto, e outro monte, que ele adora isso. Dizer besteira. Eu também.

Aí eu tinha rido bastante, fiquei remexendo menos por dentro e voltei pra mesa da sala pra escrever. Reli não sei quantas vezes a minha história pra ir ficando tudo assim, igual a um filme passando na minha cabeça, que escrevendo parece que eu vejo as coisas todas que eu tô escrevendo, parece que são de verdade, que estão vivas na minha cabeça. E o Caderno da Minha Vida só tinha duas páginas e umas linhas em branco, então, eu ia ter que encurtar mais ainda a ideia que eu tinha tido pra fazer ela caber no caderno. Aí eu tive uma ideia mais cuitinha e continuei a escrever.

As pernas de calças pretas estão chegando no corredor. Bill está dirigindo, correndo muito, e conversando com Chi Li:

– Como não pensei nisso antes? Como não pensei nisso antes? –Bill fala desesperado.

– Senhô muito lento, nô? Chi Li tinha pensado nisso, né? Que namorada sua tem cabelo longo, né? Loiro, né? Liso, né? Macio e brilhante, nô?

– Oh, não! Minha Mary Champs está na lista do assassino! Oh, não! Oh, céus!

– Posso dar mais palpite, nô?

– Fala logo, Chi Li, desembucha! – Bill responde nervoso.

– Não tem mais lista, nô? Só sobrou na cidade, né? Sua namorada, nô? De cabelo longo liso macio nô? E brilhante, né?

As pernas de calças pretas estão no final do corredor. Chegando na cozinha. A faca brilha. O cabelo de Mary Champs, que continua cortando rodelas fininhas de cenoura, brilha. A faca. O cabelo. O carro a toda. Que tensão! Que tensão! Bárbara vai dar a primeira mordida no bolo que está servido na borda da banheira, mas desiste. Nem consegue levar o garfo até a boca. Está tensa, muito tensa. Tensa e dividida. Quer ver o filme policial. Adora. Quer ver seu cantor de rock *preferido. Adora. Troca de canal. Comercial. Troca de canal. Comercial. Troca de canal. Comercial. Troca de canal. Comercial. Troca de canal. O seu cantor de* rock *preferido está entrando no palco. Bárbara sabe porque está ouvindo a plateia delirar. Bárbara pensa que deve parar o movimento histérico das mãos dentro d'água. Pensa mais. Pensa que deve parar imediatamente. Está se afogando em espuma e não consegue ver a televisão. Tem espuma demais na sua frente. Levanta e joga boa parte da espuma para fora da banheira. Senta de novo. Agora sim pode ver o seu cantor de* rock *preferido. Ele está sem camisa, com o topete desfeito, de calças rasgadas, pingando suor, e sua guitarra está somente com três cordas. Bárbara grita, em delírio:*

– Agora ele vai cantar Flores de metal*!*

Mas agora ele fica só conversando com seu querido público sobre os índios ianomâmis. Bárbara muda de canal. O carro de Bill está estacionando em frente da casa de Mary Champs. Aí eu parei de escrever que a Cremilda me chamou lá da cozinha não sei pra quê. Eu disse que já ia, pra ela esperar um pouquinho. Eu não ia demorar quase nada mesmo que eu não tinha nem uma página inteira pra escrever. *A faca comprida e pontudinha está voltada para cima. Está muito perto de Mary Champs que dança e corta cenouras em rodelas fininhas. A faca está mais perto. Mais perto. Que tensão! Que tensão! A faca desce com muita força. Oh, não, ele vai matar ela! Ele vai matar ela! Bárbara grita e enfia a cabeça dentro d'água. Está muito tensa. Entra água pela boca,pelo nariz, está se afogando. Tenta voltar à tona. Mas se atrapalha toda com a água que continua entrando pelo nariz e boca. Escorrega de novo para o fundo da banheira. Bárbara está sem ar. Quer respirar. Tenta novamente. Consegue. Vem à tona. Mas vem desesperada, com os braços reme-*

xendo muito e bate com a mão no botão da televisão e desliga ela. Que tensão! Que tensão! Bárbara vai ligá-la de novo. Mas antes enxuga a mão para não levar um choque. Bárbara tem paranoia com fios, eletricidade, morre de medo de levar um choque. Liga a televisão. Oh, não! The end*!* The end*! Oh, não!, o filme acabou. Bárbara chora perguntando: quem era o assassino? Por quê? Por que matou tantas mocinhas? Por que mocinhas de cabelo longo loiro liso macio e brilhante, por quê, por quê? E Mary Champs? Morreu? Não morreu? Bill salvou-a ou não a salvou? Casaram e foram felizes para sempre? No meio da chorominguela Bárbara lembra do seu cantor de* rock *preferido. Oh, nem tudo está perdido, Bárbara pensa. Fungando ainda, muda de canal.*

O seu cantor de rock *preferido vai cantar* Flores de metal. *É agora! Bárbara delira. Ele joga a cabeça para trás, toca as primeiras notas com uma certa violência. As últimas cordas de sua guitarra arrebentam. Oh, não, oh, céus! Bárbara chora enquanto ele se despede do seu querido público dizendo que* Flores de metal *fica para a próxima. Obrigado. Valeu. Valeu.*

Adorei escrever essa história. Reli e achei que o final podia ser melhor, mas eu não tinha mais folha, só sobrou a última linha da última página. Fechei o Caderno da Minha Vida achando bonito pra caramba ele assim cheinho, e fui pra cozinha. Entrei direto, que não tinha pintor nenhum mão na maçaneta, braço esticadinho na porta. A Cremilda tinha me chamado pra me dar a raspa da clara da torta de abacaxi que ela tava fazendo. Nem acreditei. Que eu nem tinha pedido nem nada e não era só fundo, raspinha, não. Um montão de clara. Eu sentei pra comer superagradecendo e daí um pouquinho os três pintores chegaram na cozinha. De banho tomado, os cabelos molhadinhos, nem parecendo os mesmos que tavam lá dentro trabalhando. E a Cremilda, de novo, sem ninguém pedir, foi dizendo que a água tava no fogo, já ia sair um cafezinho fresco. E eles esperaram falando que em três dias tava tudo pronto, que isso, que aquilo, e, depois, do preço da condução que comia o dinheiro deles todo. Tomaram o café e os dois que trabalharam de verdade se despediram de mim e da Cremilda com um até amanhã. E o da mão na maçaneta, braço esticadinho, deu um até amanhã pra mim e estendeu a mão da maçaneta pra Cremilda. E, pelas explicações do meu pai, eu olhei pra eles de rabo de olho e vi que ele deu um olhar de galã pra ela. E ela deu um cabisbaixo pra ele, acho que porque eu tava ali. Então ela foi indo com ele pra área de serviço, acho que pra se despedir longe do meu olhar curioso. E eu ouvi o meu pai e a minha mãe chegando, então, comi rapidinho a clara que eu tava poupando, comendo bem devagar, pra durar mais, e fui pra sala.

Minha mãe, direto, foi perguntando mil coisas do Zé Roberto que, claro, meu pai contou pra ela. E fazendo um bando de recomendações. Do cinema direto pra casa. Ah, mãe, muito cedo. Oito e meia, só. Tá bom. Na lanchonete pertinho de casa, pode. Que eu levasse ficha de telefone, que se eu precisasse eu ligava do orelhão e meu pai deu um olhar acho que de soslaio pra ela. E acho que o soslaio queria dizer para de drama, Marina! Que ela parou loguinho com essa história toda. Então eles foram ver a pintura da casa e acho que pensando e vá lá entender o ser humano que a Cremilda chegou oferecendo um café fresquinho que ninguém pediu, foi indo junto com eles dando palpite na arrumação da casa, toda alegre, dum jeito que eles nunca tinham visto antes.

Eu fui tomar banho. Quando saí do banheiro, meu pai disse que o Zé Roberto tinha ligado pra perguntar se ele tinha deixado eu ir ao cinema e pra avisar que já tava saindo pra me buscar. Fui vestir uma roupa achando muito do legal isso dele falar com meu pai assim na cara e na coragem. E fiquei procurando uma roupa bonita, mas tava difícil que a maioria das minhas roupas tavam apertando no peito que eu tinha tomado corpo, encorpado de repente. E foi me dando uma agonia que eu tava demorando pra encontrar, então eu pensei que não precisava roupa assim, tcham, pra ir ao cinema. Vesti uma calça jeans, uma camiseta e calcei um tênis e fui pra sala com o coração pulando tanto, mas tanto, que só pro meu pai e minha mãe não notarem isso, eu puxei esta conversa, que eles já tinham me dito que tavam gastando muito com a pintura e reforma dos móveis e que não iam me dar nada de presente de aniversário. Mas eu fui dizendo, só pra disfarçar, pra parecer normalzinha, que eu queria um sacolão novo, que o meu já era, e um Caderno da Minha Vida novo, mas um muito caro, de capa dura, coloridona, que eu tinha visto numa loja num *shopping*. Mas e vá lá entender o ser humano que minha mãe nem discutiu. Disse tá bem, eu te dou de aniversário.

Fiquei logo imaginando o Caderno da Minha Vida II. Ia começar com uma história de amor, que eu nunca tinha escrito uma. Mas não ia ser com a Bárbara que ela era muito criança pra histórias de amor. Ia ser assim com uma Sara que é um nome bonito pra caramba e parecia ser de gente que sente tudo assim como eu tava sentindo, tudo com muita força. E o nome da história ia ser... Como é mesmo que se diz?

Aí, meu coração disparou feito louco de repente que o interfone tocou e a Cremilda gritou lá da cozinha que um tal de Zé Roberto tava me esperando lá embaixo. Peguei minha mochila, dei tchau pro meu pai e minha mãe, saí, e entrei no elevador. E eu com o coração apressado, as pernas desengonçando, nó na garganta, manteiga derretida por tudo, por nada, que eu tava assim... Aí eu lembrei! O elevador tinha chegado no térreo, mas antes que eu esquecesse o nome da minha primeira história de amor, apertei o botão do meu andar, entrei em casa correndo, abri o Caderno da Minha Vida na última página, e escrevi lá na única linha em branco *À FLOR DA PELE* e voltei voando pro elevador.

Este livro foi composto em Avenir e Rotis Serif e
impresso em papel Offset 90g/m^2.